KB251298

# David Golder

이렌 네미롭스키 선집 5

김계영 옮김

# 몰락

Irène Némirovsky

**David Golder**

레모

# 차례

# 편집자의 말

1929년 10월, 프랑스 파리의 그라세 출판사. '엡스타인(Epstein)'이라는 서명만이 적힌 소설 원고 한 부가 배송된다. 원고를 읽은 출판사 대표 베르나르 그라세는 이 작품이 발자크(Balzac)의 『고리오 영감』에 비견될 만한 걸작이라 확신했고, 그 자리에서 작품을 출간하기로 결정했다. 하지만 도무지 작가를 찾을 길이 없었다. 수소문 끝에 그라세 출판사는 신문에 광고를 냈고, 마침내 작가와 대면했다. 그런데, 중년 남자가 찾아올 거라는 예상과는 달리 출산을 앞둔 젊은 외국인 여자가 나타났다. 당황한 출판사 대표는 이 사람이 정말 그 책을 쓴 작가가 맞는지 소설의 세부 내용들을 물어 확인하기까지 했다. 그리고 1929년 크리스마스 시즌에 맞춰 대대적으로 책을 출간한다. 이렌 네미롭스키의 데뷔작『몰락David Golder』은 이렇게 세상에 나왔다.

『몰락』은 출간되자마자 엄청난 반향을 불러일으켰다. 콜레트(Colette)와 프랑수아 모리아크(Mauriac) 같은 거장들의 작품이 포함된 그라세의 대표 시리즈에 스물여섯 살 젊은 작가의 데뷔작이 나란히 자리한 것부터가 놀라운 일이었다. 현실감 넘치는 묘사와 냉혹한 필치는 독자들을 충격에 빠뜨렸고, 곧바로 연극과 영화로 제작되면서 대중의 사랑을 받았다. 유럽 전역에서 선풍적인 인기를 끌었으며 일본에서도 번역 출간되었다.『몰락』은 네미롭스키를 프랑스 문단의 중심으로 올려놓았고, 수상으로 이어지지는 않았지만, 공쿠르상과 페미나상 유력 후보로도 거론되었다. 문학성으로만 평가받기를 원했던 네미롭스키는 프랑스 국적이 있으면 문학상 수상이 가능하다는 주변의 조언에도 국적 취득을 신청하지 않았다. 이후 전쟁이 발발하자 신변의 안전을 위해 국적 취득을 시도했으나 결국 거부당했다.

이렌 네미롭스키는 1903년 우크라이나 키이우에서 부유한 유대인 가정의 딸로 태어났다. 1917년 볼셰비키 혁명 이후 아버지의 목에 현상금이 걸리면서 네미롭스키 가족은 핀란드와 스웨덴 등지로 도피했고, 1918년 프랑스에 정착했다. 이렌 네미롭스키는 소르본대학에서 수학하며 열여덟 살부터 글을 쓰기 시작했고, '피에르 네레(Pierre Nerey)'라는 필명으로 짧은 소설들을 신문에 기고하며 작품 활동을 시작했다. 그중 하나가 바로 「무도회Le Bal」이다. 네미롭스키는 『몰락』을 쓰던 중 「무도회」를 완성했다고 밝힌 바 있으며, 두 작품 모두 신흥 유대인 부르주아 가정을 중심으로 이야기를 전개한다는 공통점을 지닌다. '가장 냉철한 현실주의 작가'라는 평가와 함께 1930년대를 대표한 작가로 자리매김했지만, 호평만 있었던 것은 아니다. 유대인 금융업자의 부패를 풍자한 '반유대주의적 묘사'라는 비평이 쏟아지면서 네미롭스키는 이후로도 반유대주의 작가라는 오해에 시달려야 했다.

『몰락』에 묘사된 유대인 인물들은 탐욕스럽기 이를 데 없고, 그들을 바라보는 작가의 시선 또한 냉혹할 정도로 냉소적이다. 프랑스의 한 극우 언론은 『몰락』을 반유대주의 사례로 활용하려 했고, 유대계 비평가들은 "유대인을 위해 유대인이 쓴 이야기"라며, 내부 비판적 시선으로 읽어야 한다고 맞섰다. 이에 대해 네미롭스키는 "나는 내가 본 세계를 묘사했을 뿐"이라며, 작품 속 인물들은 실제로 주변에서 목격한 유대인 금융가들과 작가의 부모, 자기 내면의 일부를 반영한 것이라고 해명했다. 특히 골더의 딸로 등장하는

'조이스'를 두고 "나의 부정적인 자아를 투영한 존재"라고 표현하기도 했다. 실제로 그녀의 아버지 역시 금융업으로 막대한 부를 이뤘으며, 데이비드 골더와 마찬가지로 심장 질환으로 생을 마감했다. '자본주의 논리 아래 인간성이 소멸해가는 과정을 정면으로 그려낸 작품'이라는 평가가 대세를 이루는 와중에도 반유대주의를 둘러싼 논란은 쉽사리 가라앉지 않았다.

"나는 내 방식대로 진실을 썼고, 비록 유대인에게 불쾌감을 주었을지라도 그것이 내가 본 세상이었다. (…) 만일 1935년에 히틀러가 나타날 줄 알았더라면, 데이비드 골더의 삶을 이렇게 쓰지는 않았을 것이다. 하지만 만일 그렇게 했다면 나는 비겁한 작가였을 것이다."

— 한 인터뷰에서

훗날 네미롭스키는 『몰락』을 쓸 때 자신이 너무 어렸기에 어떤 표현이 오해를 불러일으킬지 제대로 알지 못했을 거라고 회고한 바 있다. (『몰락』은 작가가 스물두 살부터 4년 동안 집필한 작품이다.) 그럼에도 자신이 본 현실을 숨김 없이 쓴 것에 대해 후회하지는 않았다. 알려진 바와 같이 이렌 네미롭스키는 아우슈비츠의 가스실에서 서른아홉 살의 나이로 사망했다. 유작이 된 미완의 대하소설 『6월의 폭풍』과

『돌체』, 그리고 아우슈비츠로 끌려가기 직전까지 작성하던 작품 메모를 보면 뾰족하기만 했던 작가의 시선이 넓고 깊게 확장되는 과정을 엿볼 수 있다. 작가가 생전에 발표한 마지막 작품인『개와 늑대』에는 운명에 맞서고자 했던 작가의 투쟁의 역사가 드러나 있다. 문득, 노년의 네미롭스키는 어떠했을지 궁금해진다. 특유의 성실하면서도 치열한 글쓰기는 작가를 결국 어디로 데리고 갔을까. 작가는 자신의 절망을 극복했을까. 안타깝게도 우리는 끝내 알지 못할 것이다.

『몰락』은 개인의 이야기로 시작하지만, 그 안에는 혁명, 망명, 자본, 편견이 얽힌 한 시대의 단면이 농축되어 있다. 1917년 볼셰비키 혁명 이후 소비에트 정부는 석유 산업과 금융 자산을 포함한 민간 자본을 국유화했고, 이로 인해 러시아의 산업과 금융을 이끌던 유대인 자본가들은 자산을 잃고 유럽 각국으로 망명하게 되었다. 프랑스로 유입된 일부 유대인은 금융업과 국제 무역을 통해 다시 부를 축적했지만, 프랑스 사회는 이민자 출신 자본가들을 경계와 불신의 시선으로 바라봤다. 1920년대 후반의 프랑스는 경제 불안과 유대인에 대한 편견이 공존하던 시기였다. 다양한 금융 스캔들이 연달아 터지면서 사회 불안이 확산되었고, 일부 유대인 자본가들이 표적이 되기도 했다. 데이비드 골더는 바로 그런 시대를 통과한 인물이다. 이 소설을 쓰기 위해 네미롭스키는 석유 산업과 금융 자본의 흐름을 면밀히 조사했고, 파리의 유대인 밀집 지역을 찾아 당시의 분위기와 팽배해 있던 불안을 작품에 담았다. 그것은 단순한 시대적 배경을 넘어 인물들의 세계관과 관계, 욕망의 구조를 형성하는 서늘한 바탕이자 소설의 동력으로 작용한다.

『몰락』은 독자를 여러 번 놀라게 한다. 앞서 언급했듯 욕망의 종합선물세트 같은 데이비드 골더의 마지막 헐떡임을 좇는 이 소설이 스물여섯 살 작가의 데뷔작이라는 사실부터 그렇다. 하지만 더욱 놀라운 것은, 이렌 네미롭스키가 던진 질문들이 100년이 흐른 지금도 생생히 유효하다는 점이다. "부자 되세요!"라는 말이 복음이자 덕담이던 시대를 기억하는가. 때때로 우리는 그 시절을 지나왔다고, 이제 다른 가치를 돌아볼 수 있게 되었다고 믿기도 했다. 그러나 주변을 둘러보면 우리는 여전히 같은 자리를 맴도는 것 같다. 당연한 일인지도 모른다. 당신은 무엇을 위해 살아가느냐고, 이 길의 끝은 어디로 이어지느냐고 묻지 않는 사회를 우리는 살아가고 있으니까. 이 질문에서 눈을 돌리지 않으려는 당신과 함께 『몰락』을 읽고 싶다.

몰락

# David Golder

# 1

"아니."

골더가 말했다.

그는 갑자기 전등갓을 들어 맞은편에 앉아 있는 시몬 마르쿠스의 얼굴 가득 빛을 비추었다. 마르쿠스의 입술이나 눈꺼풀이 조금만 움직여도 그 길쭉한 갈색 얼굴이 마치 바람에 흔들리는 어두운 수면처럼 가늘고 굵은 주름들로 뒤덮였다. 골더는 잠시 그 주름들을 바라보았다. 하지만 무겁고 졸린 듯한 눈은 차분하고 지루하며 내내 무관심했다. 닫힌 벽처럼 속을 알 수 없는 얼굴. 골더는 전등을 받치고 있는 유연한 금속 지지대를 조심스럽게 낮추었다.

"100이야, 골더. 계산 제대로 한 거야? 이건 큰 액수야."

마르쿠스가 말했다.

골더가 다시 낮게 말했다. "아니." 그리고 덧붙였다. "난 팔고 싶지 않아."

마르쿠스가 웃었다. 번쩍이는 길쭉한 금니들이 어둠 속에서 기이하게 빛났다.

"1920년에 자네가 그 대단한 유전을 샀을 때 값이 얼마였지?" 단어들을 길게 끌면서 빈정거리는 듯한 콧소리를 섞어가며 그가 물었다.

"400에 샀지. 그 망할 소비에트 놈들이 국유화한 땅을 석유 업자들에게 돌려줬다면 정말 대박이 났을 텐데. 당시 나는 랑과 그의 그룹을 등에 업고 있었어. 이미 1913년에 티스크 유전의 하루 생산량이 1만 톤에 달했거든… 허풍 떠는 거 아냐. 제노바 회담 이후 내 주식이 400에서 102로 곤두박질쳤지. 그건 나도 기억해… 그리고…." 그는 손을 휘휘 내저었다. "그래도 난 그 주식을 들고 있었어…. 그땐 돈이 있었으니까."

"그래. 이제 알겠지? 1926년에 러시아 유전은 쓰레기에 불과하다는 걸? 자네가 직접 가서 개발할 능력도, 그럴 마음도 없잖아, 그렇지? 지금 우리가 할 수 있는 거라곤 주식 시장에서 등락 폭을 만들어서 몇 포인트 올려보는 것뿐이지… 100이면 좋은 가격이라고."

골더는 방 안을 가득 채운 연기 탓에 부어오르고 쓰라린 눈꺼풀을 오랫동안 비볐다.

그리고 더 나지막하게 다시 말했다.

"다만, 자네가 말하는 티스크 유전 양도 계약을 튀빙겐 페트롤리움이 체결하게 되면 그때 팔겠어."

마르쿠스는 숨이 막히는 듯 '아, 그렇군' 비슷한 말을 내뱉었다. 그게 다였다. 골더가 느리게 말했다.

"자네가 작년부터 내 뒤에서 꾸미고 있는 일 말이야. 마르쿠스, 바로 그 일… 그 협정이 체결되면 내 주식을 두고 사람들이 네게 좋은 가격을 제시하겠지?"

골더는 잠시 말을 멈췄다. 승리를 거둘 때마다 그랬듯, 심장이 아플 만큼 요동쳤다. 마르쿠스는 피우던 시가를 꽁초 가득한 재떨이에 천천히 눌러 껐다.

골더는 갑자기 이런 생각이 들었다. '마르쿠스가 반씩 나누자고 하면, 그때는 완전히 끝이야.'

그는 마르쿠스의 말을 더 잘 들으려고 고개를 숙였다.

짧은 침묵이 흐른 후 마르쿠스가 말했다. "둘이 나누는 걸로 할까, 골더?"

골더가 어금니를 악물었다. "뭐라고? 안 돼!"

마르쿠스는 눈썹을 찌푸리며 중얼거렸다.

"아, 적을 하나 더 만들 필요는 없잖아, 골더. 적이라면 이미 충분히 많잖아."

마르쿠스의 손이 탁자 나무를 꽉 움켜쥐자 손톱에 긁히

며 날카로운 소리가 났다. 전등 불빛 아래 드러난 그의 가늘고 흰 손가락에 낀 묵직한 반지들이 아주 오래된 마호가니 책상 위에서 번쩍였다. 그 손가락이 살짝 떨렸다. 골더는 미소 지었다.

"자넨 이제 대단한 존재가 아니야… 이 사람아." 마르쿠스는 잠시 말을 멈추고, 손질한 손톱을 유심히 들여다보았다. "데이비드… 반씩 나누자고! 응? 우리가 동업한 지도 벌써 26년이잖아. 다 잊고 다시 시작하자고. 12월에 튀빙겐이 내게 제안했을 때 자네가 여기 있었더라면…."

골더는 신경질적으로 전화선을 비비 꼬아 자기 손목에 감았다. 그리고 얼굴을 찌푸리며 다시 말했다.

"12월이라, 그래… 자넨 참 후한 사람이야…. 그런데…."

골더는 잠시 침묵했다. 마르쿠스도 잘 알고 있었다. 12월에 골더가 골마르 건으로 미국에서 자금을 구하러 다녔다는 걸. 골마르는 오랜 세월 두 사람을 쇠사슬처럼 묶어둔 사업이었다. 하지만 마르쿠스는 모르는 척 아무 말도 하지 않았다.

"데이비드." 마르쿠스가 다시 말을 이었다. "아직 늦지 않았어…. 내 말 믿어. 그게 더 나아…. 소비에트랑 같이 협상하자고. 어때? 물론 어려운 일이야. 그러니 수수료도 이윤도, 다 절반씩 나누는 거야. 어때? 공평하잖아. 그렇지? 데이비드? 그렇지 않으면 자네…."

　마르쿠스는 잠시 대답을 기다렸다. 동의든 욕설이든 뭐든. 하지만 골더는 고통스럽게 숨을 내쉬며 아무 말이 없었다. 마르쿠스가 숨을 내쉬며 말했다.

　"이봐, 세상에 회사가 튀빙겐만 있는 게 아니잖아…."

　그는 마치 골더를 깨우려는 듯 축 늘어진 팔을 건드렸다. "젊고… 좀 더 투기적인 성향의 회사들도 있잖아." 그는 말을 고르며 계속했다. "1922년 석유 협정에 서명하지도 않은, 옛 권리자 같은 건 안중에도 없는 회사들 말이야. 자네도 그중 하나고… 그런 회사들이라면…."

　마르쿠스가 적당한 단어들을 고르며 말했다.

　골더가 말했다. "암룸 오일 말인가?"

　마르쿠스가 이를 갈며 말했다. "이런, 자네도 알아? 그래, 내 말 좀 들어보라고. 유감이지만 러시아 사람들은 암룸과 계약할 거야. 그래, 자네가 끝까지 발을 빼겠다면 티스크 주식이나 끌어안고 최후의 심판 날까지 기다려. 아니면 무덤까지 가지고 가든가…."

　"러시아인들은 암룸과 계약하지 않을 거야."

　"이미 했어!" 마르쿠스가 외쳤다.

　골더는 손을 내저었다.

　"그래, 알아. 임시 협정이었지. 45일 안에 모스크바에서 비준하기로 했고. 어제가 기한이었어. 그런데 또다시 아무것도 진행된 게 없으니까 자넨 불안해졌고, 그래서 뭔가 해볼까 해서 다시 내게 온 거지.”

골더가 기침을 하며 서둘러 마무리했다.

“내가 설명해줄게. 튀빙겐 말이야. 암룸은 이미 2년 전에 그 사람한테서 페르시아 유전을 가로챘어. 그래서 이번에 튀빙겐은 양보하기보다 죽기 살기로 해보려는 것 같아. 지금까지는 그렇게 어려운 일이 아니었어. 자네랑 소비에트 사이에서 중개하던 그 망할 유대인에게 우리가 더 많이 쥐여줬거든. 지금 전화해봐. 그럼 알게 될 테니….”

갑자기 마르쿠스가 히스테리 부리는 노파처럼 기이하고 날카로운 목소리로 울부짖었다.

“거짓말이야. 이 더러운 자식!”

“전화해보라고! 그럼 알게 될 테니.”

“그러면… 그 늙은… 튀빙겐은… 알고 있나?”

“물론이지.”

“네 놈 짓이구나! 이 비열한 놈! 사기꾼!”

“그래, 어쩌겠어. 자네도 기억하잖아…. 작년 멕시코 석유 건, 3년 전 연료유 건… 그때 내 주머니에서 자네 주머니로 넘어간 거액의 돈. 기억나지? 그때 내가 뭐라고 했나? 아무 말도 안 했지. 그리고….” 골더는 또 다른 이유를 찾으려 애쓰는 듯했다. 머릿속에서 한두 가지 떠올렸지만 이내 어깨를 으쓱하며 다 털어버렸다.

“그게 거래지.” 무시무시한 신의 이름을 부르듯 그가 담담하게 중얼거렸다.

마르쿠스는 즉시 입을 다물었다. 그는 탁자 위의 담뱃갑을 가져가 열고는 정신을 집중해 성냥을 긁었다. "골더, 자네는 대체 왜 이 싸구려 골루아즈를 피우는 거야? 자네 같은 부자가 말이야." 그의 손가락이 심하게 떨렸다. 마지막 경련을 일으키는 상처 입은 짐승을 보듯 골더는 아무 말 없이 마르쿠스의 손가락을 보았다.

"나는 돈이 필요했어, 데이비드."

갑자기 마르쿠스가 지금까지와는 전혀 다른 목소리로 말했다. 한쪽 입꼬리가 사납게 비틀렸다. "나… 난 돈이 몹시 필요해. 데이비드… 자넨… 내가 좀 벌게 해줄 생각은 없나? 그렇게 해주면 안 될까?"

골더가 거칠게 머리를 흔들었다.

"아니."

골더는 마르쿠스의 창백한 두 손이 서로 맞잡고 부르쥐어서 손톱이 살을 파고드는 것을 보았다.

"자네가 날 파멸시키는군." 마침내 마르쿠스가 어둡고 기이한 목소리로 말했다.

골더는 고집스레 눈을 내리깔고 아무 대답도 하지 않았다. 마르쿠스는 망설이더니 일어서서 의자를 살짝 밀어냈다.

"잘 있게, 데이비드." 돌연 그가 침묵을 깨며 엄청난 기세로 내질렀다. "지금 뭐라고 했나?"

"별거 아니야. 잘 가게." 골더가 말했다.

# 2

골더는 담배에 불을 붙였다. 하지만 첫 모금을 빨자마자 숨이 막혀서 결국 담배를 던져버렸다. 거칠고 쌕쌕대는 천식 환자 특유의 신경질적인 기침에 어깨가 들썩이고 입안 가득 쓴 물이 차올라 숨이 막혔다. 갑자기 피가 얼굴로 몰려 평소 창백하던 얼굴이 죽은 사람처럼 둔탁하고 밀랍 같은 빛깔로 물들었다. 눈 밑에는 퍼렇게 부어오른 그늘이 져 있었다. 골더는 예순이 넘은 거구의 남자였다. 팔다리는 살이 쩌서 물렁물렁하고 눈동자는 선명한 물빛이었다. 투박하고 묵직한 손으로 빚은 듯 초췌하고 거친 얼굴을 무성한 흰머리가 덮고 있었다.

방에서 오랫동안 사람이 살지 않은 파리 아파트 특유의,

특히 여름철에 심해지는 차가운 그을음 냄새와 담배 냄새가 났다.

골더는 자기 의자를 돌려 창문을 반쯤 열었다. 한동안 밝게 빛나는 에펠탑을 바라보았다. 붉은 빛이 서늘한 새벽 하늘 위로 피처럼 흘렀다. 그는 골마르에 대해 생각했다. 눈부시게 번쩍이는 황금빛 세 글자가 마치 태양이 돌듯 이 밤에도 세계의 4대 도시를 돌고 있었다. 마르쿠스와 골더의 이름을 합쳐서 만든 골마르. 그는 입술을 깨물었다. '골마르. …데이비드 골더. 이제 나 혼자다.'

그는 손 닿는 데 있는 메모장을 집어 들고 상단에 인쇄된 문구를 거듭 읽어보았다.

골더 & 마르쿠스

석유 제품 일체 매매

항공유, 경휘발유, 중휘발유,

백유. 디젤. 윤활유.

뉴욕, 런던, 파리, 베를린.

그는 첫 줄을 천천히 지우고, 굵고 힘 있는 필체로 '데이비드 골더'라고 적었다. 종이를 파고들 듯 눌러썼다. 이제 마침내 혼자가 될 것이다. 그는 후련한 마음으로 '이제 끝났어, 하느님, 감사합니다. 이제 마르쿠스와는 끝이야…' 하고 생각했다. 훗날, 튀빙겐이 티스크 유전 양도권을 얻고 내가 세계 최대 석유 기업의 일원이 되면 골마르를 금세 다시 일으켜 세울 수 있을 것이다.

그때까지는…. 그는 재빨리 숫자들을 적어 내려갔다. 지난 두 해는 특히 끔찍했다. 랑의 파산, 1922년 협정…. 적어도 이제 마르쿠스의 여자들과 그의 반지, 그의 빚을 갚아 줄 필요는 없었다. 그 자식 없이도 나가는 돈은 충분히 많다. 이 멍청한 생활에 들어가는 모든 것… 아내와 딸, 비아리츠의 집, 파리의 집…. 파리의 집 하나만 해도 6만 프랑의 월세를 지불하고 있고, 세금도 낸다. 가구들을 장만하는 데 100만 프랑 이상 들었다. 대체 누구를 위해서? 아무도 그 집에 살고 있지 않다. 덧창은 닫혀 있고 먼지만 가득했다. 그는 특히 싫어하는 몇몇 물건들을 증오 비슷한 감정을 느끼며 바라보았다. 검은 대리석과 청동으로 된 승리의 여신상 네 개가 받치고 있는 램프, 황금 벌 장식이 달린 거대하고 네모난 빈 잉크병. 이 모든 것을 위해서 돈을 내야 했다. 그런데 그 돈은? 그는 화를 내며 투덜거렸다. '멍청한 놈… 나 때문에 망하게 생겼다고? 그래서 어쩌라고? … 난 예순여덟 살이야. 또다시 처음부터 시작하라고? 나는 그런 일을 수도 없이 겪었어… 나는 말이야….'

그는 느닷없이 벽난로 위의 거울 쪽으로 고개를 돌리고, 초췌하고 파랗게 질린 자기 얼굴을 잠시 불편한 마음으로 바라보았다. 푸르스름한 반점들이 얼룩덜룩하고 입가에는 늙은 개의 볼처럼 깊은 팔자 주름이 파여 있었다. 그는 억울한 듯 투덜댔다. "늙었지… 그래, 늙었어…." 이삼 년 전부터 그는 더 쉬이 피곤해졌다. 그는 생각했다. '일단 내일 떠나자. 일주일이나 열흘쯤 비아리츠에서 쉬어야지. 아무 일도 하지 않을 거야. 안 그러면 죽을 거 같아.' 그는 달력을 집어 들어, 젊은 여자의 인물 사진이 든 금테 액자에 기대서 탁자 위에 세워놓고 한 장씩 훑어보았다. 숫자와 이름들이 적힌 달력에서 9월 14일에 잉크로 줄을 그은 것이 눈에 띄었다. 이날 튀빙겐이 런던에서 그를 기다릴 것이다. 그러면 비아리츠에서는 고작 일주일 남짓밖에 못 쉰다. 그다음은 런던, 모스크바, 다시 런던, 뉴욕. 그는 짧게 짜증 섞인 신음을 내고는 딸의 사진을 뚫어져라 바라보고 한숨을 내쉬었다. 그리고 돌아서서 피로에 지쳐 따끔거리는 두 눈을 천천히 문질렀다. 그는 바로 그날 베를린에서 돌아왔고, 오래전부터 기차에서는 예전처럼 깊이 잠들지 못했다.

그는 평소처럼 모임에 가려고 무심코 일어섰다가 3시가 넘었다는 사실을 알아차렸다. '그냥 자야겠다. 내일 또 기차를 타야 하니까….' 그렇게 생각하다가 책상 한구석에 서명할 편지 뭉치가 놓여 있는 것을 발견했다. 그는 다시 자리에 앉았다. 매일 저녁 그는 비서가 준비해둔 서류들을 검토하곤 했다. 비서들이란 하나같이 멍청하다니까. 하지만 오히려 그러는 편이 그에게는 나았다. 그는 마르쿠스의 비서를 떠올리고 피식 웃었다. 브라운이라는, 불같이 타오르는 눈을 가진 작은 유대인이었다. 골더에게 암룸 계약 건을 팔아넘긴 이가 바로 그자였다. 골더는 전등 아래에서 웃기 시작했다. 예전에는 붉었던 머리카락이 이제 하얗게 셌지만, 관자놀이와 목덜미에는 아직 불타는 듯 반짝거리는 털들이 잿더미 아래 반쯤 꺼진 불꽃처럼 남아 있었다.

3

머리맡에 있는 전화기가 날카롭고 길게, 끊임없이 울렸지만 골더는 자고 있었다. 아침이면 골더는 죽은 사람처럼 깊고 무거운 잠을 자곤 했다. 결국 그가 신음하며 눈을 뜨고 수화기를 들었다. "여보세요, 여보세요…."

한동안 그는 자기 비서의 목소리를 알아듣지 못하고 계속 소리를 질렀다. "여보세요, 여보세요…." 그러다 문득 알아들었다.

"골더 씨… 죽었어요…. 마르쿠스 씨가 죽었어요."

그는 아무 말 없이 있었다. 비서가 다시 말했다.

"여보세요. 안 들리시나요? 마르쿠스 씨가 죽었어요."

"죽었다고." 골더가 천천히 되뇌었다. 묘한 전율이 어깨를 타고 흘렀다. "죽다니… 말도 안 돼…."

"간밤에… 샤바네 가에서…. 네, 어느 집 안에서… 자기 가슴에 권총 한 발을 쐈다고 합니다…."

골더는 수화기를 침대 위에 내려놓고 이불을 덮어 가만히 눌렀다. 그 안에서 아직도 웅웅거리며 맴도는 목소리를 완전히 질식시키려는 듯이. 마치 커다란 파리가 갇힌 것 같았다.

마침내 비서의 목소리가 잠잠해졌다.

골더가 하인을 부르는 종을 울렸다. 우편물과 아침 식사 쟁반을 들고 온 하인에게 골더가 말했다.

"목욕 준비를 해주게. 찬물로."

"트렁크에 주인님 재킷을 넣을까요?"

골더가 신경질적으로 눈썹을 찌푸렸다.

"무슨 트렁크? 그렇지, 비아리츠… 모르겠어. 내일 갈지 아니면 나중에 갈지. 나도 모르겠어…."

그는 낮은 목소리로 욕설을 내뱉고 중얼거렸다. "내일 그의 집에 가봐야겠지…. 아마 화요일에 장례를 치를 테니. 빌어먹을…." 옆 방에서 하인이 욕조에 물을 받고 있었다. 그는 뜨거운 차를 한 모금 마시고 잡히는 대로 편지 몇 장을 열어보고는 전부 바닥에 던져버리고 일어섰다. 그는 욕실에 자리 잡고 앉아서 가운 옷자락을 무릎 위에 엇갈리게 모아놓고 비단 허리끈 술 장식을 꼬며 멍하고 침울한 표정으로 흐르는 물을 바라보았다.

"죽다니… 죽다니…."

조금씩 화가 치밀어 올랐다. 그는 어깨를 한번 들썩하고 증오스럽다는 듯 투덜거렸다.

"죽는다고… 사람이 죽는다고? 만약 내가, 내가…."

"목욕물이 준비되었습니다, 주인님." 하인이 말했다.

혼자가 된 골더는 욕조로 다가가서 손을 물에 담그고 가만히 있었다. 그의 모든 행동은 유별나게 느리고 모호했으며, 맺고 끊음이 분명하지 않았다. 차가운 물이 손가락과 팔, 어깨를 시리게 했지만 그는 미동도 하지 않은 채 고개를 숙이고 수면에서 일렁이며 반짝이는 반사된 불빛을 멍하니 바라보았다.

"만약 내가, 내가…." 그는 같은 말을 되풀이했다.

잊고 있던 오래된 기억들, 어둡고 이상한 기억들이 그의 가슴속 깊은 곳에서 솟아올랐다. 힘들고 고달팠으며 파란만장했던 인생…. 오늘은 부자였다가도 내일이면 빈털터리가 되어 다시 일어서고… 또다시 일어서고…. 그래, 정말이지 옛날에는 그렇게 살아야 했다…. 그는 자리에서 일어나 아무 생각 없이 젖은 손을 흔들어 물을 털어냈다가 창가로 가서 기대어 얼음장 같은 손을 번갈아 햇볕에 쬐었다. 그는 고개를 가로저으며 큰 소리로 말했다. "정말 그래, 예컨대 모스크바에서, 아니면 시카고에서…." 꿈을 꾸는 데에 서투른 그는 짧고 무미건조한 작은 이미지들로 과거를 떠올려보았다. 모스크바… 그가 아직 깡마른 유대인 소년이던 시절. 붉은 머리칼과 창백하고 날카로운 눈빛, 낡아빠진 구멍 난 장화, 텅 빈 주머니… 가을로 들어서던, 너무도 춥고 어둡던 밤들. 그는 광장을 떠돌다 벤치에서 잠을 청하곤 했다. 오십 년이 지난 지금도 뼛속 깊이 스머드는 한기를 느낄 수 있었다. 온몸에 달라붙는 두껍고 하얀 안개, 옷 위에 뻣뻣한 서리를 남기던 그 축축한 공기… 3월의 눈보라와 바람….

그리고 시카고… 작은 바, 축음기에서 뭉개진 소리로 삐걱거리며 흘러나오는 오래된 유럽풍 왈츠, 따뜻한 음식 냄새가 코를 스칠 때 뱃속을 파고드는 허기. 그는 눈을 감았다. 그러자 놀라울 정도로 선명하게 떠올랐다. 구석의 긴 의자에 누워 부엉이처럼 구슬픈 울음소리를 내며 소리 지르던, 취한 건지 아픈 건지 모를 어느 흑인의 번쩍이는 검은 얼굴. 그리고… 이제 그의 손은 뜨겁게 달아올랐다. 그는 조심스럽게 손을 유리에 납작 댔다가 떼고는 손가락을 움직여보고 천천히 맞비볐다.

"바보 같으니." 마치 죽은 자가 들을 수 있는 양 그는 중얼거렸다. "바보 같은 놈… 왜 그런 짓을 한 거야?"

# 4

골더는 마르쿠스의 집 앞에서 초인종을 누르기 전에 한참을 더듬거렸다. 축 늘어지고 차가운 손이 벽을 몇 번이나 더듬었지만, 초인종을 쉽게 찾지 못했다. 안으로 들어가서는, 발인 준비를 마치고 누워 있는 망자를 보게 되지는 않을까 하는 생각에 불안해하며 주위를 둘러보았다. 하지만 그곳에는 검은 천 두루마리가 바닥과 홀의 의자 위에 놓여 있을 뿐이었다. 화환들은 보랏빛 물결 무늬 리본으로 묶여 있었는데, 리본이 너무 넓고 길어서 금박으로 쓰인 글귀들이 양탄자 위에 길게 끌렸다.

골더에 이어 누가 초인종을 울렸고, 하인이 살짝 열린 문 사이로 빽빽하고 커다란 적갈색 국화 화환을 받아 들고 바

구니 손잡이처럼 팔에 걸쳤다. 골더는 생각했다. ‘꽃을 보냈어야 했는데.’

마르쿠스에게 꽃이라…. 그는 입술에 찡그린 주름이 잡힌 마르쿠스의 굳은 얼굴과 결혼식 신부에게 보낼 법한 꽃을 생각했다. 하인이 속삭였다.

“잠시 살롱에서 기다려주십시오. 부인께선 곁에 계십니다….” 그는 약간 애매하고 거북한 듯한 몸짓을 했다. “주인님 곁에 계십니다.”

하인은 골더에게 의자를 내어주고 방을 나갔다. 옆방에서 두 목소리가 불분명하고 신비로운 속삭임으로 뒤섞여, 마치 억눌린 기도 소리처럼 들려왔다. 그 목소리들이 점차 높아져 골더에게도 들렸다.

“여인상 기둥 윗부분을 은으로 꾸몄고 깃털 다섯 개를 장식한 제국시대풍 영구차에, 여덟 개의 은박 상감 손잡이와 안쪽에 비단 쿠션을 덧댄 흑단으로 된 관과 패널이 포함된 것이 최고급 사양입니다. 그다음으로는 니스 칠한 마호가니 재질의 관이 포함된 1등급 A형이 있습니다.”

“얼마죠?” 여자 목소리가 낮게 말했다.

“마호가니 관이 포함된 게 2만 200프랑입니다. 최고급 사양은 2만 9천 300프랑입니다.”

“아뇨, 전 5, 6천 이상은 쓰고 싶지 않아요. 미리 알았더라면 다른 장의사에게 물어봤을 거예요. 관은 그냥 평범한

참나무로 해주세요. 어차피 넓은 장막으로 덮으면 되니까
요….”

골더가 갑자기 일어섰다. 목소리는 이내 잦아들었고 또
다시 격식을 차린 낮은 속삭임이 되었다.

골더는 손가락 사이에 기계적으로 묶었다가 꼬았다가 하
던 손수건을 경련을 일으키듯 두 손으로 꽉 움켜쥐고 중얼
거렸다. “죄다 바보 같아… 아, 바보 같아….”

그는 다른 표현을 찾을 수 없었다. 다른 표현이 없었다.
바보 같아, 바보…. 어제 맞은편에 앉아 소리치던, 살아 있
던 마르쿠스가 지금은… 심지어 이제 그의 이름조차 부르지
않는다. 시신…. 그는 불안한 심정으로 방을 가득 채운 무
겁고 역겨운 냄새를 들이마시며 생각했다. ‘벌써 그 냄새인
가? 아니면… 빌어먹을 꽃 냄새인가? 대체 왜 그랬을까? 자
살이라니. 그 나이에, 돈 때문에… 모자 만들어 파는 여자*
도 아니고.’ 그리고 구역질 난다는 듯 중얼거렸다. “이미 몇
번이나 모든 걸 잃어봤잖아. 그럴 때마다 다른 사람들처럼
다시 시작했었고…. 그게 인생인데… 게다가 티스크 유전
계약이라면 단 1퍼센트라도 가능성이 있었잖아. 골더는 갑
자기 마르쿠스가 된 듯한 심정으로 격렬하게 외쳤다. “암룸
이 뒤를 받쳐주고 있었잖아! 이 바보 같은 놈!”

---

* 1920, 30년대 파리에서는 대개 여성들이 모자를 만들어 팔았고, 불안정
한 경제 상황 때문에 생활고를 겪거나 자살하는 경우가 많았다.

그는 열에 들뜬 듯 여러 가능성을 조합해보았다. '한 치 앞을 모르는 사업에서 난관을 피하고 어떻게든 끝까지 물고 늘어져야 하는 법인데, 이렇게 죽다니…. 그런데 대체 뭐가 이렇게 오래 걸리지?' 그는 증오심을 느끼며 생각에 잠겼다.

마르쿠스 부인이 들어왔다. 홀쭉한 얼굴에 크고 단단한 매부리코가 노랗고 뿔처럼 불투명했다. 동그랗고 빛나는 눈은, 기이하게 불규칙적으로 너무 높이 자리 잡은 연한 빛깔의 듬성듬성한 눈썹 아래에 툭 튀어나와 있었다.

그녀는 종종걸음으로 소리 없이 다가와 골더의 손을 잡고 한동안 말없이 서 있었다. 그러나 골더는 목이 메어 아무 말도 하지 못했다. 그녀가 짜증스러운 웃음 같기도 하고 무뚝뚝한 흐느낌 같기도 한 작고 이상한 소리를 내며 중얼거렸다.

"그래요, 당신도 예상 못 했겠죠! 이 미친 터무니없는 스캔들을…. 우리에게 자식을 주지 않으신 신께 감사했어요. 그 사람이 어떻게 죽었는지 아세요? 샤바네 가의 사창가에서 여자들이랑…. 파산으로도 충분치 않았던 모양이에요." 그녀가 손수건을 눈가로 가져가면서 말을 마쳤다.

마르쿠스 부인이 갑자기 몸을 움직이자 검은 상복 아래 감춰져 있던 세 겹으로 감긴 굵은 진주 목걸이가 길고 주름진 목 위에서 흔들렸다. 그녀의 목은 마치 늙은 맹금류가 움찔거리며 꿈틀대듯, 툭툭 경련하듯 움직였다.

‘돈이 엄청나게 많나 보군.’ 골더는 생각했다. ‘이 늙은 욕심쟁이. 이 동네는 늘 이렇다니까. 열심히 일해서 여자들을 부자로 만들어준 다음 죽는 거지.’ 그는 자신이 집에 들어서자마자, 마치 연애편지 꾸러미를 감추듯 수표책을 급히 숨기던 아내의 모습을 본 기억을 떠올렸다.

“그이를 보시겠어요?” 마르쿠스 부인이 물었다.

얼음처럼 차가운 거대한 물결이 골더를 엄습했다. 그는 눈을 감고, 기이하고 떨리는 목소리로 힘없이 대답했다.

“물론입니다. 만일 제가…”

마르쿠스 부인은 아무 말 없이 큰 살롱을 가로질러 문을 열었다. 좀 더 작은 방이 나왔는데, 그 안에서 두 여인이 검은 천을 바느질하고 있었다. 마침내 그녀가 중얼거렸다. “여기예요.” 희미하게 타고 있는 양초가 보였다. 그는 잠시 망연자실해 움직이지 못하다가 겨우 기운을 내어 물었다.

“어디 있습니까?”

마르쿠스 부인이 커다란 벨벳 케노피에 반쯤 가려진 침대를 손으로 가리켰다.

“여기예요. 파리 떼 때문에 얼굴을 덮어야 했어요…. 장례식은 내일이에요.”

그제야 골더는 덮어놓은 천 아래로 망자의 모습을 알아볼 것 같았다. 그는 기묘한 감각에 사로잡힌 채 오랫동안 마르쿠스를 바라보았다.

'저 사람들이 너무 서두르는군. 세상에… 불쌍한 마르쿠스…. 죽고 나면 인간이란 얼마나 나약한 존재인지.' 그는 분노와 고통을 동시에 느끼며 생각했다. '빌어먹을….'

구석에는 덮개가 열린 커다란 미국풍 사무용 책상이 있었다. 서류며 편지들이 바닥에 어지럽게 널려 있었다. '저 안에 내 편지도 있겠지…' 하고 골더는 생각했다. 은빛 날이 드러난 칼이 완전히 휘어진 채 양탄자 위에 나뒹굴고 있었다. 힘을 써서 억지로 서랍을 연 모양이었다. 자물쇠에 열쇠는 꽂혀 있지 않았다.

'뭐가 남아 있는지 보려고 저 여자가 달려들 때까지만 해도 그는 죽지 않았겠지. 기다릴 여유도, 열쇠를 찾을 정신도 없었던 거야….'

마르쿠스 부인은 그의 시선을 알아차렸지만 눈길을 피하지조차 않았다. 그저 무심하게 중얼거리기만 했다.

"아무것도 안 남겼어요." 표정이 달라지며 더 낮은 목소리로 덧붙였다. "저는 혼자예요."

"제가 도움이 될 수 있다면." 골더가 의례적으로 말했다.

그녀가 한순간 망설이더니 말했다.

"그러면, 이 탄광 회사 주식을 제가 어떻게 해야 할지 조언해주시겠어요?"

"제가 원가로 되사겠습니다." 골더가 말했다. "그 주식은 앞으로 아무 가치가 없으리라는 건 부인도 아시지요? 그 회사는 파산했습니다. 그건 그렇고, 여기서 편지 몇 장을 가져가야겠습니다. 부인도 그건 생각하셨겠지요?” 그는 적대적이고 냉소적인 어조로 덧붙였지만 마르쿠스 부인은 눈치채지 못하는 것 같았다. 그저 고개를 끄덕이더니 몇 걸음 뒤로 물러섰다. 골더는 반쯤 비어 있는 서랍 속 서류들을 뒤적이기 시작했다. 하지만 갑자기 차오르는 쓰라리고 서글픈, 냉담한 감정을 이기지 못했다.

“도대체 이게 다 무슨 소용이람, 젠장!”

골더가 느닷없이 물었다. “대체 왜 그랬답니까?”

“저는 몰라요.” 마르쿠스 부인이 말했다.

그는 자신도 모르게 중얼거렸다.

“돈 때문인가? 단지 돈 때문에? 오로지? 말도 안 돼. 죽기 전에 아무 말 안 했습니까?”

“아니요. 사람들이 여기 데려왔을 때 이미 의식이 없었어요. 총알이 폐에 박혀 있었어요.”

“알고 있습니다, 안다고요.” 골더가 몸을 떨며 그녀의 말을 끊었다.

“나중에 뭔가 말하려고 했지만, 거품과 피가 죽처럼 입안에 가득했어요. 숨을 거두기 조금 전에야… 좀 진정됐고 제가 남편에게 물었어요. ‘왜, 어째서 나한테 이런 일을 저지르는 거야?’ 그가 뭐라고 몇 마디 했어요. 잘 들리지 않았어요. 단지 이 말만 반복했어요. '피곤해… 나는… 피곤하다고….' 그러고는 죽었죠."

'피곤하다고? 그래, 그랬겠지.' 갑자기 지독한 권태와도 같은 자신의 노쇠를 느끼며 골더는 생각에 잠겼다.

## 5

마르쿠스의 장례식 날, 파리에는 세찬 비바람이 몰아쳤다. 사람들은 서둘러 망자를 흠뻑 젖은 땅속 깊이 묻고 떠났다.

골더는 우산을 눈앞에 펼쳐 들고 있었다. 그러나 관이 인부들의 어깨 위에서 흔들리며 지나갈 때 그것을 뚫어지게 바라보았다. 검은 천에 은빛 눈물 무늬가 수놓여 있었지만, 천이 미끄러지며 거친 나무 관과 빛바랜 금속 손잡이가 드러났다. 골더는 고개를 돌려 외면했다.

그의 곁에서 두 남자가 큰 소리로 이야기를 나누고 있었다. 그중 한 명이 인부들이 메우고 있는 구덩이를 가리켰다.

골더의 귀에 이런 말이 들려왔다.

"마르쿠스가 찾아와서는 뉴욕에 있는 프랑스-아메리카

은행 수표로 지불하겠다고 하기에 내가 어리석게도 그렇게 해줬지 뭐요. 죽기 바로 전날, 토요일이었지. 마르쿠스가 자살했다는 소식을 듣자마자 전보를 쳤고, 오늘 아침에야 그 답을 받았소. 당연히 나를 속인 거였어. 부도수표였소. 하지만 이대로 당할 수는 없지, 난 그의 아내를 고소할 거요.”

“큰 금액인가?” 누가 물었다. 상대방이 냉담하게 대답했다.

“베이유 씨, 당신에게는 큰 금액이 아니겠지만, 나 같은 가난한 사람에게는 대단히 큰 금액이라오.”

골더는 그를 바라보았다. 옷차림이 허름하고 등이 굽은 키 작은 노인이 비바람에 기침까지 하며 부르르 떨고 있었다. 아무도 그에게 대꾸하지 않자 노인은 나지막하게 신세한탄을 계속했다. 다른 사람 하나가 비웃듯 말했다.

“차라리 샤바네 가의 주인한테 가서 따지지 그래요, 돈은 거기서 다 날렸을텐데.”

골더의 우산 뒤에서 젊은 남자 둘이 수군거렸다.

“근데 진짜 웃기지 않아요? 마르쿠스가 어디서 발견됐는지 들었어요? 글쎄 어린 여자애들이랑 있었대요. 열세 살인가 열네 살밖에 되지 않는.”

“알고말고요, 심지어….” 그는 목소리를 낮췄다. “그런 취향이 있는 줄은 몰랐는데….”

“죽기 전에 숨겨온 욕망을 채우려고 했던 걸까요?”

“그냥 그동안 감춰왔던 거겠지….”

"그런데 왜 자살했는지 알아요?"

골더는 무심코 몇 걸음 나아갔다가 멈춰 섰다. 그는 번쩍거리는 무덤을, 폭우에 채찍질당해 흔들리는 화환을 바라보았다. 그는 불분명하게 몇 마디 중얼거렸다. 옆에 서 있던 사람이 그를 돌아보았다.

"뭐라고 했나요, 골더 씨?"

"진짜 지독한 일이에요, 그렇지 않소?" 기묘한 고통과 분노가 깃든 모습으로 불쑥 골더가 말했다.

"그렇죠, 파리에서 비 오는 날 장례식을 치르는 건 끔찍해요. 하지만 우리도 언젠가는 저 자리에 가게 될 테죠. 지독한 마르쿠스 같으니라고, 마지막 떠나는 순간까지도 우리 모두를 폐렴으로 몰아넣을 작정인가 봅니다. 지금쯤 저 위에서 우리가 진창을 헤매는 걸 보면서 흐뭇해하고 있을지도 모르죠. 원래 친절한 사람은 아니었잖아요, 그렇죠? 그런데 어제 무슨 이야기가 돌았는지 아세요?"

"모릅니다."

"그러니까, 알르망 사(社)가 메소포타미아 페트롤 사에 자금을 지원할 거라더군요. 그 이야기 들으셨나요? 흥미가 있으실 텐데요?"

그는 움직이기 시작하는 우산들을 만족스럽게 가리키며 말을 중단했다. "아, 드디어 끝났네요. 이제야 움직이네. 너무 오래 걸렸어요⋯." 사람들은 옷깃을 세우고, 서둘러 빠저나가려고 거센 빗줄기 아래 서로를 떠밀었다. 몇몇은 무덤 위를 달려가기도 했다. 골더도 다른 사람들처럼 우산을 두 손으로 붙들고 서둘렀다. 비바람이 나무와 무덤을 맹렬히 때려댔다. 그 격렬함은 허무하면서도 야성적이었다.

'다들 너무 만족스러워 보이는걸.' 골더는 갑자기 그런 생각이 들었다. '한 명 줄어들었지, 적이 한 명 줄었어…. 언젠가 내 차례가 되면 저들은 얼마나 기뻐할까.'

그들은 잠시 작은 길에 멈춰 서서 반대편에서 오는 장례 행렬을 지나가게 했다. 마르쿠스의 비서 브라운이 골더에게 다가왔다.

"러시아와 암룸 관련 서류를 제가 가지고 있습니다. 관심이 있으시겠지요?" 브라운이 낮은 목소리로 말했다. "이 일에서 결국 다들 서로서로 사기를 친 셈이 됐어요. 참 보기 안 좋네요, 골더 씨…."

"보기 안 좋다고?" 골더가 냉담하게 인상을 쓰며 말했다. "그렇게 생각하시오, 젊은 양반? 여섯 시에 비아리츠행 열차가 출발하는 역으로 전부 가지고 오시오."

"골더 씨, 어디 가시나요?"

골더는 담배를 꺼내 들고 손을 움켜쥐어 비틀었다.

"여기 밤새도록 남아 있어야 하는 건가? 제기랄!"

검은 차들이 여전히 무자비하게 길을 막으며 느리게 지나가고 있었다.

"그래요, 떠납니다."

"날씨가 기가 막힐 겁니다. 조이스 양은 잘 지내나요? 더 예뻐졌겠죠? …쉬실 수 있을 겁니다. 피곤하고 예민해 보이시네요."

"예민하다니." 골더가 갑자기 화를 내며 투덜거렸다. "천만에! 그딴 소리는 어디서 나온 겁니까? 마르쿠스나 그랬겠죠. 그 사람, 늘 신경이 곤두서 있었어요. 그가 결국 어떻게 됐는지 보지 않았소?"

골더는 갑자기 어깨를 휙 젖히며 길 한가운데에서 서성대던, 젖은 모자를 쓴 장의사 두 명을 밀쳐냈다.

그리고 장례 행렬을 가로질러 묘지 입구까지 내달렸다. 골더는 차에 탄 후에야 마르쿠스 부인에게 인사를 하지 않은 사실을 떠올렸다. '빌어먹을, 다 지긋지긋해!' 그는 비에 젖은 담배에 불을 붙이려 애썼지만 불이 잘 붙지 않자 이로 잘근잘근 씹은 후 창문을 내리고 뱉어버렸다. 차가 출발했고, 그는 한구석에 웅크리고 눈을 감았다.

## 6

골더는 서둘러 저녁을 먹고 평소 좋아하던 묵직한 부르고뉴 와인을 마시고 복도에서 잠시 담배를 피웠다. 지나가던 여자가 그와 부딪치고는 살짝 미소 지었다. 하지만 그는 덤덤하게 돌아섰다. 비아리츠의 매춘부로군. 여자는 사라졌고, 그는 자신의 열차 객실로 돌아왔다.

'오늘 밤에는 푹 잘 수 있겠어.' 골더는 생각했다. 갑자기 기진맥진한 느낌이 들었고 다리가 무겁고 쑤셨다. 그는 블라인드를 걷고 검은 창으로 쏟아지는 빗줄기를 무심하게 바라보았다. 빗방울은 바삐 흘러내리고 바람에 흔들려 눈물처럼 서로 뒤섞였다. 그는 옷을 벗고 자리에 누워 베개에 얼굴을 묻었다. 이런 피로는 한 번도 느껴본 적 없었다. 그는 힘겹게 팔을 뻗었다. 팔은 무겁고 뻣뻣했다. 객차의 침대는 좁았다. 평소보다 좁게 느껴졌다. 그는 어렴풋이 생각했다. '자리를 잘못 잡았어. 당연하지… 저 멍청이들.' 몸 아래에서 기차가 덜컹거릴 때마다 바퀴가 찢어지는 굉음을 내며 요동치는 것이 느껴졌다. 숨이 막히게 더웠다. 베개를 뒤집어봤지만 열기는 사라지지 않았다. 그는 화가 나서 주먹질을 하며 베개를 머리 아래로 쑤셔 넣었다. '정말 덥군.' 창문을 내리는 게 낫겠다 싶었다. 그러나 바람이 폭풍처럼 불어닥쳤다. 순식간에 작은 탁자 위의 서류며 신문들이 날아갔다. 그는 욕을 퍼부으며 창문을 닫고 블라인드를 내리고 불을 껐다.

공기는 무거웠고, 탄내와 희미하고 역겨운 향수 냄새가 뒤섞여 감돌고 있었다. 골더는 이 무거운 공기를 억지로라도 폐 속으로 들이려는 듯 더 깊이 숨을 들이마시려고 했다. 하지만 폐는 공기를 되레 밀어내고 있었다. 숨이 목에 걸려 내려가지 않았고 그를 답답하게 했다. 병든 위가 더는 받아들이지 않는 음식을 꾸역꾸역 삼키려 하듯 그는 헛기침을 했다. 짜증이 났다. 무엇보다 잠을 잘 수가 없었다. "나는 너무나 피곤한데." 보이지 않는 누군가에게 하소연하듯 그는 중얼거렸다.

골더는 천천히 몸을 돌려서 똑바로 누웠다가 다시 모로 누워 팔베개를 했다. 가슴 위쪽, 목구멍의 참기 어려운 불편한 느낌을 떨치려 또 한 번, 이번에는 더 세게 기침을 했다. 하지만 조금도 나아지지 않았고 오히려 더 심해졌다. 그는 고통스럽게 하품했다. 하지만 경련이 일어나 하품이 멈추더니 곧 짧고 고통스러운 숨 막힘으로 변했다. 그는 목을 쭉 펴고 입술을 움직여보았다. 머리를 너무 낮게 두고 누운 것일까? 그는 외투를 집어서 둘둘 말아 베개 밑에 집어넣고 몸을 일으켜 앉았다. 상태는 더 나빠졌다. 폐가 꽉 막힌 것 같았다. 그리고… 이상했다. 아팠다. 아파…. 가슴이… 어깨가… 심장 주위가…. 갑자기 목덜미와 등에 전율이 일었다. "이게 뭐지?" 그는 퉁명스럽게 중얼거렸다. 작은 목소리로 단호하게 말해보았다. "아니야, 별거 아니야, 괜찮아질 거야… 별거 아니야…." 그러고는 자기가 큰 목소리로 혼잣말 했다는 것을 알아차렸다. 골더는 숨을 쉬려고 맹렬하게, 그리고 헛되이 용을 썼다. 그런데 공기가 통과하지 못했다. 보이지 않는 무게가 그의 가슴을 짓누르는 듯했다. 그는 모포를 내던지고 셔츠를 풀고 헐떡거렸다. "대체 뭐야, 나한테 무슨 일이 일어난 거지?" 두껍고 시커먼 탁한 어둠이 그를 위에서 아래로 짓눌렀다. 그렇다, 그를 숨 막히게 하는 건 다름 아닌 어둠이었다. 골더는 불을 켜려고 몸을 움직였지만 떨리는 손으로 아무리 벽을 더듬어도 머리맡에 박힌 작은 램프를 찾지 못했다. 그는 짜증 섞인 한숨을 내쉬며 신음했다. 어깨의 통증은 더 날카롭고 둔중하고 깊어졌다. 겉으로 드러나지 않는 통증이 육신 가장 깊은 곳, 존재의 근원인 심장에서 맴돌며 아직 제대로 깨어나지 않은 것 같았다. 작은 움직임, 작은 힘으로 깨어나기만을 기다리면서. 천천히, 의지와는 반대로 그는 팔을 내렸다. 기다리자…. 움직이지 말자. 무엇보다 생각하지 말자…. 그는 점점 더 거칠게, 빠르게 숨을 쉬었다. 커다란 보일러에서 빠져나가는 증기처럼 숨이 기이하고 괴상한 소리를 내며 들어갔다가 빠져나갈 때마다 가슴 전체가 끙끙거렸고, 헐떡임이나 탄식처럼 거칠고 불분명한 휘파람 소리가 그 자리를 채웠다.

두꺼운 암흑이 부드럽고도 고집스럽게 목구멍을 짓눌렀다. 마치 입에 흙을 밀어 넣는 것처럼, 마치 죽은 자에게… 마르쿠스에게 그랬던 것처럼…. 그리고 마침내 그의 생각이 마르쿠스에 다다랐을 때, 죽음과 묘지와 구멍 깊숙이 매달린 뱀 같은 긴 뿌리들이 섞인 비에 젖은 황토와 그 같은 이미지들에 침범당했을 때, 골더는 느닷없이 너무나도 빛을 필요로 했고 또 욕망했다. 일상적이고 친숙한, 자신을 둘러싸고 있는 사물들을 보고 싶은 너무나도 강렬한 욕망을 느꼈다. 문에 걸려 흔들리는 옷, 작은 탁자 위의 신문, 물병…. 그러자 방금 전까지 떠올렸던 것들을 잊어버렸다. 세차게 팔을 뻗자 칼에 찔린 듯, 총에 맞은 듯, 날카로우면서도 깊고 격렬한 통증이 가슴을 관통했고, 심장까지 파고들어 박히는 것 같았다.

골더는 잠시 생각했다. '죽는구나.' 사람들이 그를 구멍 같은 곳, 무덤처럼 좁고 숨 막히는 구덩이에 밀어 넣는다는 생각이 들었다. 그는 자신의 비명 소리, 자신의 목소리를 들었는데, 아주 멀리서 다른 이가 내는 소리처럼 들렸다. 깊은 물을 통과한 소리 같았다. 그를 그 자신으로부터 분리시키는 아주 더럽고 깊은 물. 그의 머리 위를 지나가며 그를 앞으로 끌고 가고 그 깊은 구멍으로 더 깊게 빠뜨리는 물. 통증은 끔찍했다. 얼마 후에는 거의 실신 상태에 이르면서 통증이 약간 무뎌졌고, 묵직하고 숨 막히는, 소모적이고 헛된 싸움 같은 느낌으로 변했다. 또다시 그는 아주 멀리서 누군가 헐떡거리며 소리치고 발버둥질하는 소리를 들었다. 사람들이 그의 머리를 물속에 처박고 있는 느낌이 들었는데, 수백 년 동안 그러고 있는 것 같았다.

마침내 골더가 정신을 차렸다.

날카로운 고통은 멈췄다. 하지만 육중한 바퀴에 깔려 뼈가 부서지고 으깨지는 것 같은 근육통이 전신에서 느껴졌다. 그런데도 그는 움직이는 것이, 손가락을 들거나 사람을 부르는 것이 두려웠다. 아주 작은 소리, 아주 작은 움직임에도 다시 시작될 것 같았다. 그리고 이번에는 정말 죽게 될 것이다. 죽음.

고요 속에서 골더는 흉곽을 부숴버리려는 듯 둔탁하고 거칠게 뛰는 심장 소리를 들었다.

'무서워.' 그는 절망적으로 생각했다, '무서워….'

'죽음. 아니, 아니, 말도 안 돼! 내가 여기서 버려진 개처럼 혼자 죽어가는 것을 아무도 알아차리지 못하고, 아무도 눈치채지 못한다고? 적어도 벨을 누르고 사람을 부를 순 있을 거 아냐? 아니, 아니야, 기다려야 해, 기다려야 해…. 밤은 지나갈 거야. 늦었어, 이미 늦었어….' 그는 자신을 둘러싼 두껍고 짙은 어둠, 해 뜨기 전 만물을 희미하게 감싸는 흐릿한 한 줄기 빛조차 없는 칠흑 같은 어둠을 뚫어지게 살펴보았다. 아무것도 없었다. 10시, 11시쯤 되었을까? 그래, 시계가 있다, 빛이 있다. 팔을 들어 올리기만 하면 된다. 이렇게… 비상벨도 있다! 돈은 달라는 대로 주면 된다! 아니, 아니… 숨을 내쉬는 것이, 들이쉬는 것이 두렵다. 만일 한 번 더 그 일이 일어난다면, 심장이 멎을 것 같다면… 그리고 그 끔찍한 쇼크… 아니, 이번에는 죽고 말거야. '대체 이게 뭐지? 세상에, 이게 뭐야? 심장, 심장인가.' 하지만 한 번도 심장병을 앓아본 적이 없는데? 단 한 번도. 게다가 아팠던 적도 없다…. 약간의 천식 말고는. 그래, 최근에는 특히 그랬지. 이 나이에는 누구나 그렇지 않은가. 몸에 이상이 있기 마련이지 않은가. 이건 아무것도 아니야. 좀 쉬고 조절하면 된다. 하지만 이건…. 아, 이게 심장이든 다른 것이든 무슨 상관이란 말인가? 이건 그저 이름일 뿐, 죽음, 죽음, 죽음 외에는 아무것도 의미하지 않는다. 누가 이렇게 말했지. '우리도 언젠가는 저 자리에 가게 될 테죠….’ 아, 그래, 오늘이었지… 장례식… 우리 모두. 그리고 나도. 그 무자비한 낯짝들, 손을 비벼대며 비웃던 늙은 유대인들… 분명 나에게는 더할 것이다! 개자식들, 개자식들… 쌍놈들! 그리고 내 아내… 내 딸… 그래, 나도 잘 알고 있어. 나는 돈 버는 기계… 그것에만 쓸모 있을 뿐이야… 돈 내놔, 내놔… 그러고 나면 죽어.

‘주님, 이 저주받은 기차는 정녕 멈추지 않는 겁니까? 몇 시간째 이렇게 달리고만 있습니다! 역에서, 때때로 사람들이 실수로 다른 사람이 있는 객실 문을 열 때도 있지요? 제발, 그런 일이 이번에 일어나면 좋겠습니다!’ 그는 복도에서 나는 소리, 방긋이 열려 맞부딪치는 문, 사람의 모습을 필사적으로 상상했다. ‘사람들이 나를 데려갈 거야… 어디로든… 병원이든, 호텔이든… 움직이지 않는 침대만 있으면 족해…. 발소리, 사람의 목소리, 빛, 열려 있는 창문만 있다면….’

그러나 천만에, 아무 일도 일어나지 않았다. 열차는 더 빨리 달렸다. 길고 날카로운 기적 소리가 공기를 가르며 서서히 사라졌다…. 어둠 속에 울리는 철 두드리는 소리… 철교… 잠시 그는 열차가 속도를 줄인다고 생각했다… 숨을 헐떡이며 귀를 기울였다… 그래, 좀 더 천천히 가고 있군… 천천히… 멈췄다…. 갑자기 기적 소리가 들리더니 열차가 잠시 들판 한가운데에 멈췄다가 다시 출발했다.

골더는 신음했다. 이제 아무것도 바라지 않았다. 생각도 하지 않았다. 심지어 고통도 느끼지 못했다. 단지 두려움과 요동치며 질주하는 심장이 있을 뿐….

갑자기 짙은 암흑 속에서 무언가 희미하게 빛나는 것 같았다. 골더는 눈앞에 있는 그것을 주시했다. 거의 보이지 않는 희미한 빛. 약간 회색이면서 어슴푸레한… 그러나 어둠 속에서 눈에 보이는, 분명한 그 무엇…. 그는 기다렸다. 그것은 점점 넓어지더니 더 하얘졌고, 물웅덩이처럼 커졌다. 유리, 그것은 유리창이었다. 날이 밝은 것이다. 어둠은 옅어졌다. 어둠은 덜 농밀해졌고 움직이는 액체 같았다. 그의 가슴을 무겁게 짓누르던 거대한 것이 치워진 듯했다. 그는 숨을 들이쉬었다. 더 가벼운 공기가 폐로 미끄러져 들어왔다. 조심스럽게 고개를 움직여보았다. 더 상쾌한 바람이 땀으로 흠뻑 젖은 이마를 스치고 지나갔다. 이제 주변의 형태와 굴곡이 보였다. 예컨대 땅바닥에 구르는 모자… 물병…. 혹시 잔에 손이 닿을까? 물을 좀 마실 수 있을까…? 그는 손을 뻗었다. 아무 느낌도 들지 않았다. 심장은 계속 뛰었고, 그는 손목을 들어 올렸다. 아무것도 느껴지지 않았다. 손으로 탁자를 더듬어 잔을 쥐었다. 다행이도 잔에는 물이 가득 들어 있었다. 그는 병을 들 힘조차 없었을 테니까. 그는 살짝 목덜미를 세우고 입술을 내밀어 물을 마셨다. 감미로운 맛…. 신선한 물이 입술 안쪽을, 바싹 마르고 부어오른 혀와 목구멍을 적셨다. 골더는 신중하게 잔을 내려놓았고, 몸을 살짝 뒤로 젖히고 기다렸다. 가슴은 여전히 아팠다. 그러나 훨씬 덜 아팠다. 시간이 갈수록 통증은 희미해졌다. 이제는 뼈마디마다 신경통이 스며든 것 같은 느낌 정도였다. 어쩌면 그렇게 심각한 건 아닐지도 모른다.

블라인드를 완전히 걷을 수는 없을까? …버튼 하나만 누르면 되는데…. 골더는 다시 한번 떨리는 팔을 뻗었다. 블라인드가 단숨에 올라갔다. 날이 밝았다. 공기는 우유처럼 탁하고 뿌연 흰빛이었다. 천천히, 조심스럽고 신중한 동작으로 손수건을 꺼내 뺨과 입술을 닦았다. 그리고 얼굴을 창에 갖다 댔다. 유리의 차가움이 감미롭게 전신을 관통했다. 그는 서서히 색깔을 되찾고 있는 비탈의 풀을 바라보았다. 나무… 저 멀리 새벽안개 속에서 희미하게 빛나는 불빛들이 보였다. 역이다. 사람을 부를까? …그건 쉬운 일이다. 그러나 고통이 이렇게 지나가버리다니 얼마나 기이한가. 게다가 적어도 걱정했던 것만큼 심각한 일이 아닐 수도 있었다. 혹시 신경성 통증일까? …그렇다고 해도 무시해선 안 되고, 의사에게 보여야겠지. 그런데 심장 문제가 아닐 수도 있다. 천식이었을지도 몰라. …아니, 사람을 부르지 않겠어. 그는 시계를 보았다. 5시. 자, 조금만 참아보자. 이렇게 무너져선 안 돼. 신경성이야. 브라운, 그 쥐새끼같은 놈 말이 맞았어…. 골더는 가슴 아래를 가만히, 생살이 드러난 상처를 만지듯 조심스레 만져보았다. 아무렇지 않았다. 그렇지만 심장박동이 이상하고 불규칙적이었다. 뭐, 괜찮아지겠지. 졸린다. 조금만 자면 분명 나아질 거야. 의식을 놓아버리자. 더 생각하지 말자. 기억하지 말자. 골더는 완전히 지쳤다. 눈을 감았다.

반쯤 잠들었던 골더가 갑자기 일어나서 큰 소리로 외쳤다. "그거야! 이제야 알겠어…. 마르쿠스 때문이야. 대체 왜?" 그는 반복했다. "왜?" 그 순간, 그는 놀라울 정도로 선명하게 자신을 꿰뚫어 보고 있다는 느낌이 들었다. 그것은… 죄책감 같은 것이었을까? "아니, 그건 내 잘못이 아니야." 더 나지막하게, 더 화가 나서 그는 말했다. "아무것도 후회하지 않아." 그는 잠들었다.

# 7

골더는 새 자동차 앞에 서 있는 기사를 알아보았다. 그제야 아내가 이스파노*를 팔아치운 일이 떠올랐다.

"이젠 롤스로이스군. 물론 그러시겠지." 그는 반감을 숨기지 않고 차체의 눈부신 흰색 도장을 바라보며 투덜거렸다. "이거 다음에는 뭘 원할지 궁금하군…."

기사가 골더의 손에 들린 외투를 받으러 다가왔지만, 골더는 내려진 창문으로 어두운 차 안을 눈으로 뒤지며 꼼짝하지 않았다. 조이스는 없는 건가? 그는 마지못해 몇 걸음

---

* 이스파노-수이자. 스페인을 대표하는 고급 자동차 제조사로, 1911년 파리에 진출했다. 1920부터 1930년대까지 유럽 럭셔리 자동차 시장의 전성기를 이끌었다.

나아가 소박하면서도 갈망하는 눈길로 어두운 구석을 힐끗거렸다. 그곳에 환한 색깔의 드레스를 입은 금발의 딸이 있다고 상상하면서. 하지만 차 안에는 아무도 없었다. 그는 천천히 차에 오르며 소리쳤다. "가시오, 빌어먹을, 뭘 기다리는 거요?" 차가 출발했다. 늙은 골더는 한숨을 내쉬었다.

조이스… 여행에서 돌아올 때마다 골더는 무의식적으로 군중 속에서 딸을 찾곤 했다. 그러나 그 애가 마중 나온 적은 한 번도 없었다. 그렇지만 그는 모욕감을 느끼면서도 집요하고 헛되이 똑같은 희망을 품었다.

'그 애를 못 본 지 넉 달째로군.' 그는 생각했다. 딸이 그토록 자주 그에게 불러일으키던 부당한 모멸감이 물리적 고통처럼 생생하고 아프게 그의 심장을 조여왔다. '자식들이란… 모두 똑같아… 사람들은 자식들을 위해서 살고, 자식들을 위해서 일하지. 하지만 내 아버지는… 내 나이 열세 살에 꺼져, 너 알아서 살아라, 하고 내팽개치고는 그게 다였지….'

그는 모자를 벗고 손을 이마로 가져가 오랫동안 먼지와 땀을 닦고 무심히 밖을 쳐다보았다. 그런데 밖에는 사람도 너무 많고, 소음도 너무 크고, 햇살과 바람도 너무 강했다. 길지 않은 마자그랑 거리에 사람이 너무 많아서 차가 나아가지 못했다. 한 꼬마가 지나가면서 얼굴을 창문에 착 갖다 붙였다. 골더는 구석에 앉아 외투 깃을 올렸다. 조이스… 그 애는 어디에, 누구와 함께 있는 것일까?

'그 애에게 말해야겠어.' 골더는 비통하게 생각했다. '이번에는 말할 거야… 돈이 필요할 때만 사랑하는 아빠, 나의 대디, 달링… 하지만 진심이라고는 눈곱만큼도 없잖아.' 그는 생각을 멈췄고, 다 귀찮다는 손짓을 해 보였다. 아무 말도 못 하겠지, 나도 알아… 그게 무슨 소용이란 말인가? 게다가 그 나이는 한창 어리석고 경솔할 때다. 입가에 어렴풋한 미소가 스쳤다가 금세 사라졌다. 조이스는 이제 겨우 열여덟 살이다.

그들은 팔레 호텔을 지나 비아리츠를 가로질러 갔다. 그는 냉정하게 바다를 응시했다. 날씨가 화창한데도 바다에는 초록색과 흰색의 거대한 파도가 높게 일고 있었다. 그 강렬한 색에 눈이 피곤해졌다. 그는 손을 들어 눈가를 가리고 얼굴을 돌렸다. 15분쯤 지나 골프장으로 이어지는 길에 들어서자 그는 몸을 앞으로 숙이고 눈앞에 나타나는 자기 집을 보았다. 그는 여행에서 돌아왔다가 다시 떠나기 전까지 이곳에, 마치 이방인처럼 일주일쯤 머물곤 했다. 그러나 해가 갈수록 집에 대한 애착이 깊어졌다. "나도 늙어가는 거지…. 예전에는 어디든 상관없었는데. 호텔이든 열차 객실이든…. 그런데 이제 피곤해…. 참 멋진 집이야."

골더는 이 땅을 1916년에 150만 프랑에 샀다. 지금은 1천 500만 프랑으로 값이 올랐다. 집은 대리석 같은 무거운 흰

석재로 지어졌다. 크고 아름다운 집이었다. 바닷바람에 어린나무들이 빨리 자라지 못해 정원은 아직 헐벗은 모양새였지만, 테라스와 정원이 딸린 그 집이 하늘 위로 모습을 드러내자 그의 얼굴에 자부심과 애착이 어린 표정이 스쳤다. 그는 마음속으로 중얼거렸다. '훌륭한 투자였어.'

골더는 초조하게 외쳤다.

"더 빨리, 더 빨리, 알프레드!"

아래쪽으로 작은 장미 아치와 위성류, 바다로 내려가는 서양삼나무 길이 분명히 보였다.

"야자나무가 자랐군."

자동차는 현관 앞에서 멈췄다. 그런데 하인들만 골더를 마중하러 나왔다. 골더는 자기에게 웃어 보이는 조이스의 하녀를 알아보았다.

"집에 아무도 없나 보군." 그가 말했다.

"네, 주인님, 아가씨는 점심때 집에 오실 겁니다."

그는 딸이 어디 있는지 물어보지 않았다. 그런다고 무슨 소용이 있을까? 그는 짧게 명령했다.

"우편물!"

골더는 편지와 전보 꾸러미를 집어 들고 계단을 올라가면서 훑었다. 널찍한 복도에서 비슷하게 생긴 문 두 개 사이에서 그는 잠시 망설였다.

"마님께서 주인님을 이곳에 모시라고 하셨습니다. 마님

방에는 손님들이 계십니다.”

“알겠네.” 그는 상관없다는 듯 중얼거렸다.

방에 들어선 골더는 낯선 도시의 호텔에 방금 도착한 남자처럼 지치고 멍한 표정으로 의자에 앉았다.

“좀 쉬시겠습니까?”

골더는 움찔하더니 어설프게 몸을 일으켰다.

“아니, 그럴 필요 없네.”

그는 생각했다. ‘누우면 다시 일어나지 못할 거야…’

목욕을 마치고 면도까지 하자 좀 나아진 것 같았다. 다만 가벼운 떨림이 손끝에 남아 있었다. 손가락은 부어 있고 죽은 살덩이처럼 흰색이었다.

그는 힘겹게 물었다.

“집에 사람이 많은가?”

“피슐 씨와 황태자 전하 그리고 호요스 백작님….”

골더는 말없이 입술을 깨물었다.

‘대체 둘이서 또 어떤 작자들을 초대한 거지? 악마는 저들을 안 잡아가고 뭐 하는지….’ 그는 신경질적으로 생각했다. ‘피슐, 왜 피슐이람. 호요스도 그렇고….’

그러나 호요스는 피할 수 없는 작자였다.

그는 천천히 내려가서 테라스 쪽으로 향했다. 더운 한낮이면 커다란 자줏빛 차양을 쳐놓곤 했다. 골더는 긴 의자에 누워 눈을 감았다. 그러나 차양을 관통한 햇빛이 테라스를 기묘한 붉은 빛으로 가득 채웠다. 골더는 신경질적으로 몸을 뒤척였다.

"이 붉은 빛… 정말 글로리아다운 멍청한 발상이야… 그런데 이 색이 왜 이렇게 익숙하지?" 그가 중얼거렸다. "이 끔찍한 느낌은… 아, 그래…. 그 늙은 마녀 같은 여자가 뭐라고 했더라? 거품과 피가 죽처럼 입안에 가득했다고." 골더는 전율했고, 한숨을 쉬었고, 땀에 젖고 구겨진 얇고 섬세한 레이스가 장식된 쿠션에 얼굴을 대고 여러 번 고통스럽게 이리저리 돌렸다. 그러고 나서 갑자기 잠이 들었다.

# 8

골더가 잠에서 깼을 때는 두 시가 지나 있었지만, 집은 빈 것 같았다.

'하나도 변한 게 없군.' 그는 생각했다.

그는 기묘한 냉소를 머금고 글로리아를 떠올렸다. 수없이 그래왔듯이 자신을 향해 서둘러 다가오는 모습, 너무 높은 힐을 신고 흔들리는 몸, 햇빛 아래 녹아내리는 화장을 감추려 늙은 얼굴 앞에 들어 올린 손…. 이렇게 말하겠지. '헬로, 데이비드, 사업은 어때요?' 그리고 '어떻게 지내요?' 하지만 대답을 원하는 건 첫 번째 질문뿐이다. 좀 있으면 비아리츠의 화려한 사람들 한 무리가 집으로 몰려들 것이다. 그 얼굴들…. 그걸 떠올리자 구역질이 났다. 이 사기꾼, 한량,

온 세상의 늙은 매춘부들…. 그리고 저것들은 내 돈으로 밤새도록 먹고 마시고 취하겠지. 탐욕스러운 개 떼 같으니…. 그는 어깨를 으쓱했다. 내가 뭘 할 수 있나? 한때는 그런 일에 재미를 느끼고 우쭐하기도 했다. '무슨무슨 공작, 아무개 백작. 어제는 내 집에 인도의 왕이 왔었다고….' 쓰레기 같은 것들. 하지만 늙고 병들면서 그는 손님들과 그들의 소란과 그의 가족과 삶에 점점 더 지쳐갔다.

골더는 한숨을 내쉬고 뒤에 있는 유리창을 두드려 식탁을 차리던 급사를 불러 블라인드를 올리라는 손짓을 했다. 정원과 바다 너머로 태양이 타오르고 있었다. 그때 누가 소리쳤다. "안녕하신가, 골더!"

그는 피슐의 목소리를 알아듣고 대답 없이 천천히 그를 돌아보았다. 글로리아는 도대체 저 인간을 왜 초대했을까? 그는 잔인한 캐리커처를 보듯 일종의 증오심을 느끼며 그를 바라보았다. 그는 문턱에 서 있었다. 뚱뚱한 작은 유대인. 붉은 머리와 홍조 어린 얼굴, 어딘지 우스꽝스럽고 천박하고 살짝 음산한 분위기. 얇은 금테 안경 속에서 번뜩이는 영리한 눈빛, 불룩한 배, 짧고 약한 휘어진 다리. 그리고 살인자의 손처럼 생긴 두 손으로 가슴에 꼭 끌어안듯 들고 있는 도자기 상자. 그 안에는 신선한 캐비아가 가득 들어 있었다.

"여보게, 골더, 언제까지 여기 있을 작정인가?"

피슐은 다가오며 의자를 하나 잡아당기고 반쯤 빈 상자

를 바닥에 내려놓았다.

"자는 건가, 골더?"

"아니." 골더가 퉁명스럽게 답했다.

"사업은 어떤가?"

"엉망이지."

"나는 잘 지낸다네." 피슐은 불룩한 배 위에 어렵사리 팔짱을 끼며 말했다. "무척 만족해."

"아, 그래? 모나코의 정박지에 있는 진주 어장 말이지." 골더가 빈정거렸다. "자네가 감옥에 간 줄 알았는데."

피슐은 유쾌하다는 듯 한참 웃었다.

"그렇고말고, 중죄재판소까지 갔으니…. 하지만 보시다시피 늘 그렇듯 별일 없이 끝났어." 그는 손가락을 꼽았다. "오스트리아, 러시아, 프랑스. 세 나라에서 감옥 신세를 졌지. 이제는 끝이길 바라. 날 좀 가만히 내버려두면 좋겠어…. 빌어먹을, 깡그리 사라졌으면…. 이젠 더 벌고 싶지도 않아, 나는 늙었어…."

그는 담배에 불을 붙이고 물었다.

"어제 주식 시장은 어땠나?"

"형편없었지."

"우안차카는 어땠는지 모르나?"

"1365." 골더가 손을 비비며 재빨리 말했다. "완전 망했겠군, 안 그래?"

골더는 문득 피슐이 돈을 잃는 모습을 보는 게 왜 이토록 즐거운지 궁금해졌다. 피슐은 그에게 아무 짓도 하지 않았는데. 그냥 꼴보기 싫단 말이야, 참 이상하지, 그는 그런 생각이 들었다.

피슐이 어깨를 으쓱했다.

"이디시 글릭*."

'저 돼지 같은 놈, 또다시 수백만을 벌었군.' 골더는 생각했다. 하지만 그는 피슐의 목소리에서 감춰지지 않는 미세한 떨림을 감지했다. 무심한 척 던지는 말투에도 묘하게 억누른 기색이 배어 있었다. 마치 참았던 한숨이나 무심코 튀어나온 외마디 비명처럼 숨기려 해도 새어 나오는 감정의 흔적. '아무렇지 않은 척하지만 신경 쓰고 있겠지.'

골더가 투덜거리듯 말했다.

"여긴 또 왜 왔나?"

"자네 아내가 나를 초대했거든. 이봐…."

피슐이 골더에게 다가와 무의식적으로 목소리를 낮췄다.

"들어보게, 자네가 흥미를 가질 만한 사업이 있어…. 엘파소의 은광에 대해 들어본 적 없나?"

---

* 작가가 쓴 'Iddische'는 '유대인', '유대의'의 뜻을 가진 독일어 'Jiddische'의 변형으로 보인다. 원래 이디시의 영문 표기는 'Yiddish'이다. 'Glick'은 '행운', '행복'을 뜻하는 독일어 'Gluck'의 이디시어(중부 및 동부유럽 출신 유대인이 사용하는 언어) 변형으로, '이디시 글릭(Iddische Glick)'은 '유대(인)의 행운' 정도의 의미로 여겨진다.

"천만다행으로 들어본 적 없네." 골더가 말을 끊었다.

"거기 수십 억이 묻혀 있어."

"수십 억은 어디에나 널렸어. 문제는 그걸 손에 넣을 수 있느냐는 거지."

"나와 함께 사업하기를 거부하다니, 자네 실수하는 걸세. 우리 둘이 손잡으면 완벽한 조합인데. 자네는 똑똑하지만 배짱이 부족해. 위험을 감수할 줄 몰라. 경찰이 무섭지, 그렇지?"

피슐은 즐거운 듯 웃었다.

"나는 그런 평범한 장사는 질색이야. 사고 팔고…. 그런 건 지루해. 하지만 시작하고 키워내고 만들어내는 건 다르지. 예를 들어, 페루에 광산을 하나 세운다고 해보세. 대체 어디 있는지도 모르는 곳에 말이야. 봐, 내가 딱 그런 걸 하나 시작했거든. 2년 전이었나…. 주식은 발행됐는데, 정작 땅은 손도 대지 않은 상태였지. 그런데 미국 투자자들이 덥석 물더라고. 믿거나 말거나, 불과 보름 만에 땅값이 열 배로 뛰었어. 나는 엄청난 차익을 남기고 팔았고. 이런 게 진짜 사업이지. 예술적이지 않나…."

골더는 어깨를 으쓱해 보였다.

"됐어."

"자네 좋을 대로 해… 후회할 거야…. 이번 건 정직한 거래였는데."

피슐은 한동안 말없이 담배를 피웠다.

"이보게…."

"왜?"

피슐이 얼굴을 찌푸리며 골더를 바라보았다.

"마르쿠스 말일세…."

하지만 골더의 늙은 얼굴은 꼼짝하지 않았다. 갑자기 입꼬리 근육이 움찔했을 뿐.

"마르쿠스? 죽었잖아."

"알아." 피슐이 천천히 물었다. "왜 죽었어?"

피슐이 목소리를 더욱 낮췄다. "대체 무슨 짓을 한 거야? 이 늙은 카인 같으니!"

"내가 무슨 짓을 했냐고?" 골더가 되묻고는 살짝 고개를 돌렸다. "마르쿠스는 늙은 골더를 속이려 했지." 골더가 별안간 사납게 말했다. 창백한 잿빛 뺨이 순간 붉게 달아올랐다. "그건 위험한 짓이지…."

피슐이 웃었다.

"늙은 카인." 피슐이 즐거운듯 되풀이했다. "하지만 자네 말이 옳아. 나는 너무 착해서 탈이지."

피슐이 말을 멈추고 귀를 기울였다.

"자네 딸이 오는군, 골더."

# 9

"아빠 왔어요?" 조이스가 소리쳤다. 골더는 조이스의 웃음소리를 들었다. 더 오래 그 소리를 듣고 싶은 마음에 자기도 모르게 눈을 감았다. 이 아이는… 어쩜 저리 예쁜 목소리에 눈부신 웃음을 지녔는지. 그는 뭐라 정의할 수 없는 기쁨을 느끼며 생각했다. '황금 같아….'

그렇지만 골더는 몸을 움직이지 않았고, 조이스가 짧은 원피스 아래 맨 무릎을 드러낸 채 생기발랄한 걸음으로 테라스에 뛰어들 때도 그녀를 맞이하지 않았다. 빈정거리는 목소리로 "왔구나? 이렇게 빨리 올 줄은 몰랐는데, 내 딸…"이라고 중얼거릴 뿐이었다.

그녀는 골더에게 뛰어올라 포옹하고는 긴 의자에 벌렁

드러누웠다. 그리고 목 뒤에 깍지를 끼고 누운 채 내리깐 긴 속눈썹 사이로 웃으며 그를 바라보았다.

골더는 자신도 모르게 천천히 팔을 내밀어 바닷물에 젖어 헝클어진 황금빛 머리카락을 만졌다. 그는 조이스를 거의 보지 않는 것 같았지만, 그의 예리한 눈은 딸의 이목구비의 아주 작은 변화와 움직임을 낱낱이 알아차렸다. 언제 이렇게 자랐을까… 넉 달 만에 더 아름다워지고 더 여자가 되었구나…. 그는 더 짙어진 딸의 화장을 언짢아하며 바라보았다. 열여덟 살 나이에, 감탄스러운 황금색 피부와 섬세하고 뚜렷한 꽃 같은 핏빛 입술에 굳이 화장할 필요가 없는데. 유감이군…. 그는 한숨을 내쉬고 투덜거렸다. "어리석기는…." 그리고 중얼거렸다.

"더 컸구나"

"그리고 예뻐졌죠, 그렇죠?" 그녀가 활기차게 외쳤다.

조이스가 느닷없이 일어섰다가, 두 다리를 모아 무릎을 구부리고 두 팔로 감싸 안았다. 그러고는 반짝이는 검고 큰 눈으로, 어렸을 때부터 사랑받고 갈망의 대상이 된 여자 특유의 오만하고 무례한 시선으로 골더를 뜯어보았다. 골더는 그런 시선을 싫어했다. 그러나 그 모든 것, 화장과 보석에도 불구하고 조이스는 어린 소녀처럼 미친 듯이 웃었고, 활기가 넘친 나머지 난폭하기까지 한 몸짓을 보였으며, 절정에 다다른 젊음의 경쾌하고 활기찬 우아함을 간직하고 있었다. '이런 게 오래갈 리 없지.' 그는 생각했다.

골더가 중얼거렸다.

"내려와라 조이스, 불편하구나…."

조이스가 부드럽게 그의 손을 어루만졌다.

"아빠를 보니 좋아요, 대디…."

"돈 필요하지?"

조이스는 골더가 웃는 것을 보고 고개를 끄덕였다.

"언제나 필요하죠…. 어떻게 매번 이런지 모르겠어요. 돈이 손가락 사이로 줄줄 새나 봐요…."

조이스가 웃으며 손가락을 벌려 보였다.

"마치 물처럼… 내 잘못이 아니에요."

두 남자가 정원에서 올라오고 있었다. 호요스와 대단히 잘생기고 호리호리한 데다 얼굴이 흰, 골더가 알지 못하는 스무 살 청년이었다.

"알렉시스 드… 왕자님이에요. '황태자 전하'라고 불러야 해요." 조이스가 골더의 귀에 대고 재빨리 알려주었다.

조이스는 땅바닥으로 깡충 뛰어내린 후 단숨에 말 타듯 난간 위에 걸터앉아 그를 불렀다.

"알렉, 이리 와…. 어디 있었어? 아침 내내 기다렸잖아. 나 몹시 화났어…. 이쪽은 우리 아빠야. 알렉…."

청년은 골더에게 다가와 약간 거만하면서도 수줍은 태도로 인사를 하고는 조이스에게 갔다.

그가 멀어지자 골더가 물었다.

"저 젊은 놈은 어디서 굴러먹던 놈이오?"

"잘생기지 않았나요?" 호요스가 무심하게 중얼거렸다.

"그렇군." 골더가 내뱉었다. 그리고 못마땅한듯 되물었다.

"그래서 어디서 굴러먹던 놈이야?"

"훌륭한 집안 출신이오." 호요스가 그에게 미소 지으며 말했다. "1918년에 살해된 불쌍한 피에르 드 카렐뤼의 아들이오. 알렉상드르 왕의 조카라오, 그 누이의 아들이지."

"한량처럼 보이는데." 피슐이 말했다.

"아마 그럴 겁니다. 누가 아니래요?"

"어쨌든, 저 녀석은 늙은 레이디 로베나하고 같이 다니지."

"그것뿐이겠어? 저렇게 잘생긴 놈이? 그게 다라면 이상하지…."

호요스는 자리에 앉아 다리를 뻗고, 버드나무 테이블 위에 코안경과 고급 손수건, 신문, 책을 정성스럽게 늘어놓았다. 기다란 손가락으로 물건들을 어루만지듯 세심하게 만졌는데, 골더는 그 동작이 몇 년 전부터 은근히 거슬렸다. 호요스는 천천히 담배에 불을 붙였다. 그제야 골더는 황금 라이터를 쥔 손의 피부가 주름투성이에 부드럽게 쪼글쪼글해진 것을 알아차렸다. 마치 시든 꽃처럼…. 호요스, 그 멋진 모험가도 늙어버렸다고 생각하니 기분이 이상했다….

그는 이제 예순이 다 되었을 것이다…. 그래도 예나 지금이나 날렵하고 호리호리했으며 은빛 머리칼을 단정하게 빗어 올린 작은 얼굴을 높이 치켜들고 있었다. 크고 균형 잡힌 체격, 맑고 또렷한 얼굴선, 대담하게 휘어진 크고 뚜렷한 콧날. 살짝 벌어진 콧구멍에서는 여전히 강렬한 열정과 생명력이 느껴졌다.

피슐은 무뚝뚝하게 어깻짓으로 알렉을 가리켰다.

"저자가 남자를 좋아한다던데. 정말이오?"

"적어도 지금은 아닌 것 같은데요." 호요스가 중얼거렸다. 그는 조이스와 알렉을 바라보며 빈정거리는 눈길을 보냈다. "아직 너무 젊고, 취향은 그 나이에 만들어지지 않는 법이지요…. 이보시오, 골더. 당신 딸 조이스는 저 애랑 결혼하기로 작정했던데, 알고 있소?"

골더는 아무 말도 하지 않았다. 호요스는 살짝 코웃음을 쳤다.

"뭐라고?" 갑자기 골더가 물었다.

"아무것도 아니오. 그냥 궁금했소…. 그렇지 않소? 당신은 조이스가 저 지지리도 가난한 청년이랑 결혼하게 내버려둘 거요?"

골더의 입술이 실룩거렸다.

"안 될 것도 없지." 마침내 그가 입을 열었다.

호요스는 어깨를 으쓱해 보이며 그 말을 따라 했다.

“안 될 것도 없지?”

골더는 생각에 잠긴 듯한 목소리로 말했다.

“내 딸은 부자가 될 거요…. 그리고 남자를 다룰 줄 알지, 저기 좀 봐요….”

두 사람 다 침묵했다. 조이스는 난간 위에 말 타듯 걸터앉아 빠르고 낮은 목소리로 알렉에게 말하고 있었다. 때때로 자신의 짧은 머리칼을 손으로 쓸어 넘기며 신경질적으로 뒤로 잡아당겼다. 기분이 좋지 않은 것 같았다.

호요스는 자리에서 일어나 약간 빈정거리듯 눈을 깜빡거리며 소리 없이 앞으로 나아갔다. 그의 아름다운 검은 눈동자는 믿을 수 없을 정도로 반짝였고, 숱 많은 눈썹에는 군데군데 짙은 은빛이 감돌아 값비싼 모피처럼 보였다.

“함께 차를 타고 스페인으로 가자. 거기서 사랑을 나누고 싶어….” 조이스가 웃으며 알렉에게 입술을 내밀었다. “그럴래? 말해봐, 말해보라니까!”

“레이디 로베나는 어쩌고?” 알렉이 얕게 웃으며 핑계를 댔다.

조이스가 주먹을 꽉 쥐었다.

“너의 그 늙은이! 정말 미워! 아니, 아니야, 넌 나랑 함께 갈 거야, 알겠어? 창피하지도 않니, 봐….”

그녀는 몸을 숙여 눈꺼풀에 푹 팬 곳의 푸른 자국을 은밀하게 보여주었다.

“네가 그랬어?”
조이스는 호요스가 뒤에 서 있음을 알아차렸다.
“들어보렴, 치카*.”
호요스가 조이스의 머리칼을 부드럽게 어루만졌다.

엄마, 나는 사랑에 죽고 싶어요,
그녀가 큰 소리로 말했어.
이번이 처음이에요,
부인, 그리고 가장 멋진…

조이스는 자지러지게 웃으며 아름다운 팔을 꼬았다. 그
리고 말했다.
“사랑은 좋은 거예요, 그렇죠?”

---

* 스페인어로 ‘아가씨’라는 뜻.

# 10

글로리아가 돌아왔을 때는 거의 세 시였다. 장밋빛 원피스를 입은 레이디 로베나, 조이스의 친구 다프네 마네링과 그녀의 어머니, 그리고 그들의 후견인인 독일인 남자가 있었다. 인도 귀족과 그의 아내, 정부, 그리고 어린 딸 두 명도 함께였다. 레이디 로베나의 아들과 아르헨티나 출신 무용수 마리아 피아도 있었다. 마리아 피아는 키가 크고 머리카락은 짙은 갈색이었으며, 거칠고 노란 피부에서는 오렌지 같은 향이 났다.

식사가 나왔다. 식사는 길었고 훌륭했다. 다섯 시에 식사가 끝났다. 다른 방문객들이 도착했다. 골더, 호요스, 피슐, 그리고 일본인 장군 한 명이 브리지 게임을 시작했다.

　게임은 저녁까지 이어졌다. 미라마르에서의 저녁 식사에 골더 부부가 초대받았다는 전언을 알리러 글로리아의 하녀가 온 것이 여덟 시였다.

　골더는 망설였지만, 몸 상태가 한결 나아진 것 같았다. 그는 자기 방에 올라가 옷을 입고 채비를 마치고 글로리아의 방으로 갔다. 글로리아는 거대한 삼면 거울 앞에 서서 단장을 마치는 중이었다. 하녀가 그녀 앞에서 무릎을 꿇은 채 힘들게 구두를 신기고 있었다. 글로리아는 채색 도자기 접시처럼 유약을 바르고 분칠한 늙은 얼굴을 천천히 골더 쪽으로 돌렸다.

　"데이비드, 오늘 당신을 5분도 채 못 봤네요." 그녀는 비난하듯 중얼거렸다. "또 카드 게임만 했겠죠…. 나 어때요? 화장해서 당신을 안아줄 수가 없네요…." 글로리아는 거대한 다이아몬드 반지를 여러 개 끼운 작고 아름다운 손을 내밀었다. 그러고는 자신의 붉고 짧은 머리칼을 정성스레 매만졌다.

　글로리아의 두 볼은 무겁게 처진 데다 붉은 실핏줄이 번져 있었다. 하지만 그녀의 푸른 눈은 여전히 또렷하고 맑았으며, 단단한 광채를 띠고 있었다.

　"나, 살 빠졌죠, 그렇죠?" 그렇게 말하며 그녀는 웃었다. 입안에서 금니가 번쩍거렸다.

　"그렇죠, 데이비드?" 글로리아가 재차 물었다.

골더가 좀 더 잘 볼 수 있도록 글로리아는 여전히 아름다운 몸을 거만하게 뒤로 젖히면서 천천히 빙그르르 돌았다. 어깨와 팔, 가슴은 나이를 먹고도 여전히 탄탄하게 자리 잡고 있었고, 드문 광채를 띠는 하얀 피부는 단단하고 치밀한 대리석 같았다. 하지만 주름이 깊이 파인 목, 물렁하게 처진 살과 출렁이는 얼굴, 빛을 받으면 연보라색을 띠는 짙은 장밋빛 화장은 그녀에게 우울하면서도 우스꽝스러운 노쇠의 흔적을 남기고 있었다.

"봐요, 데이비드, 내가 얼마나 살이 빠졌는지! 한 달 만에 5킬로그램을 뺐어요. 그렇지, 제니? 나 요즘 새로운 마사지사를 들였어요. 흑인 남자인데, 당연히 흑인이 최고니까요. 여기 여자들은 죄다 그 마사지사에게 홀딱 빠졌어요. 그 뚱뚱보 알팡, 기억나요? 그 마사지사가 살을 쫙 빼게 만들었어요. 처녀처럼 날씬해졌어요. 문제는 값이 비싸다는 거지만…."

글로리아가 말을 멈췄다. 입술 가장자리의 립스틱이 살짝 번져 있었다. 그녀는 립스틱을 들고 천천히 끈기 있게, 세월이 지워버린, 늙어 느슨해진 입에 흠잡을 데 없이 과감한 반원을 다시 한번 그렸다. "내가 아직은 너무 늙은 여자로 보이지 않는다고 말해줘요, 응?" 만족스럽다는 듯 살짝 웃으며 글로리아가 말했다. 하지만 골더는 그녀를 보는 둥 마는 둥 했다. 하녀가 상자 하나를 가져왔다. 글로리아는 상자를 열고 팔찌들을 한꺼번에 쏟았다. 팔찌들이 바구니 바닥에 실타래처럼 서로 뒤죽박죽 엉켜 있었다.

"그거 내버려둬요, 데이비드…." 소파 위에 펼쳐져 있는 화려한 숄을 무심코 만지작거리는 골더에게 글로리아가 화를 내며 말했다. 금사와 진한 자주색 실로 짜인 거대한 비단 숄에 진홍색 새와 커다란 꽃 들이 수놓여 있었다.

"데이비드…."

"왜?" 골더가 짜증 섞인 목소리로 답했다.

"사업은 어때요?"

아까와는 다른, 예리하고 날카로운 시선이 마스카라를 떡칠한 긴 속눈썹 사이에서 번개처럼 번득였다.

골더는 어깨를 으쓱했다.

"그저 그래…." 골더는 그렇게만 대답했다.

"그저 그렇다고요? 잘 안 되는군요, 응? 데이비드, 내가 묻고 있잖아요."

글로리아는 초조하게 다시 다그쳤다.

"그렇게 나쁘지는 않아." 골더는 심드렁하게 대답했다.

"나 돈 필요해요."

"또?"

글로리아는 신경질을 내며 잘 채워지지 않는 팔찌를 사납게 벗어 테이블 위에 아무렇게나 내던졌다. 팔찌가 바닥에 떨어졌다. 그녀는 그것을 발로 차버리며 소리쳤다.

“또라니요? 당신이 그렇게 말하면 내가 얼마나 짜증 나는지 당신은 생각 못 해요? 또? 또라니? 무슨 의미예요? 여기서 사는 데 돈 한 푼 안 든다고 생각하는 거예요? 당신의 조이스부터가! 그 애는… 그 애는 돈 먹는 귀신이에요! 내가 뭐라고 한마디 하려고 하면 뭐라고 그러는지 알아요? ‘아빠가 돈 낼 거예요.’ 조이스 줄 돈은 있지만, 나는 안중에도 없죠? 그럼 난 대체 뭘 먹고 살라는 거예요? 그런데 이번에는 또 뭐가 문제죠? 골마르?”

“오, 골마르라니, 그건 이미 오래전에… 그걸로만 먹고 사는 건 이제 불가능해….”

“뭔가 흥미로운 계획이라도 있어요?”

“그래.”

“뭔데요?”

“아, 당신, 성가시게 구는군.” 골더가 버럭 화를 냈다. “끊임없이 사업에 대해 물어보는 그 집착! 당신이 사업에 대해 뭘 안다고 그래? 제발 좀 그만해! 도대체 뭘 걱정하는 거야? 내가 아직 살아 있잖아, 안 그래?” 그는 억지로 진정하며 말을 돌렸다. “새 목걸이를 했군, 어디 한번 보자고….”

글로리아는 진주 목걸이를 쥐고 포도주를 데우듯 손가락 사이에서 잠시 따뜻하게 했다.

“정말 기가 막히지 않아? 봐요, 당신은 내가 돈을 흥청망

청 쓴다고 타박하지만, 요즘은 보석이 가장 좋은 투자인걸. 게다가 이건 그야말로 횡재였어요. 내가 얼마 줬는지 맞혀 봐요. 80만! 완전 헐값이지, 그렇지 않아요? 이 걸쇠의 에 메랄드를 봐요. 이것만으로도 얼마나 나가겠어요? 이 색깔 좀 봐, 컷팅은 또 얼마나 끝내주는지! 그리고 진주는? 알의 형태가 불규칙하지만, 앞쪽의 세 개만 보면? 여긴 진짜 기 회가 넘쳐요! 여자들은 전부 현금을 만지려고 자기가 걸친 모든 걸 팔아요…. 아, 당신이 나에게 돈을 조금만 더 준다 면….”

골더는 입술을 깨물었다. 글로리아가 말을 이었다.

“어떤 아가씨의 정부가 도박에서 엄청난 돈을 잃었다네 요. 아직 어린데 정신이 나갔죠. 나에게 외투를 팔려고 하 더라고요, 정말 아름다운 친칠라 모피였죠. 내가 흥정을 했 고, 그 여자가 여기까지 와서 흐느껴 울었어요. 내가 거절했 거든요. 그러면 더욱 안달할 거고 더 싸게 살 수 있을 거라 생각했어요. 지금은 몹시 후회해요. 그 정부가 자살했거든 요. 당연히 그 애는 외투를 팔지 않겠지요…. 아, 그런데 데 이비드, 저 정신 나간 레이디 로베나가 어떤 목걸이를 샀는 지 알기나 해요? 완전 끝내준다니까!… 다이아몬드 체인…. 올해는 사람들이 진주 목걸이를 안 하는 거, 알기나 하냐고 요? 그 목걸이를 500만 프랑에 샀대. 나는 가지고 있던 낡 은 목걸이를 수선했는데. 길이를 늘이려면 굵은 다이아몬드를 대여섯 개는 사야 할 거예요…. 돈이 없으면 알아서 해야죠…. 그런데 그 레이디 로베나는 대체 보석을 얼마나 가졌는지! 늙고 추한 데다 못해도 예순다섯 살은 됐을 텐데!"

"지금은 당신이 나보다 훨씬 부자잖아, 글로리아?" 골더가 말했다.

글로리아는 악어가 먹이를 물고 아가리를 꽉 닫을 때 나는 소리처럼 낮게 딱딱 소리를 내며 어금니를 깨물었다.

"나는 그런 농담 너무 싫어요, 당신도 알면서!"

"글로리아, 당신도 들었지? 마르쿠스 말이야…." 골더가 잠시 망설이며 말했다.

"몰라요." 글로리아는 건성으로 대답했다. 그녀는 향수를 묻힌 손가락으로 진주 뒤의 귓불을 만졌다. "아니 마르쿠스가… 왜?"

"아, 당신은 모르는군." 골더가 한숨을 쉬며 말했다. "그게 말이야, 마르쿠스가 죽었어, 어제 장례를 치렀어…."

글로리아는 얼굴 앞에 향수병을 든 채 꼼짝하지 않았다.

"오." 그녀가 조금 누그러지며 중얼거렸다. "말도 안 돼… 어떻게? 아직 젊었잖아. 왜 죽었어요?"

"자살했어. 완전히 망했거든."

"정말 비겁해, 그렇게 생각 안 해요?" 글로리아가 앙칼지게 외쳤다. "그러면 그 부인은? 얼마나 기쁠까! 그 부인을 만나봤어요?"

"만났지." 골더가 비아냥거렸다. "목에 호두만 한 큰 진주를 걸고 있더군."

"그래서 당신은 대체 뭘 바라는 건데?" 글로리아가 날카롭게 쏘아붙였다. "그 여자가 바보처럼 가진 걸 다 내주고, 그 인간은 주식이든 어디서든 다시 망하고, 2년 뒤엔 결국 자살하는 거? 그땐 아내에게 땡전 한 푼 안 남기고 갔으면 좋겠단 거야, 응? 남자들의 이기심이란! 그게 당신이 원했던 거지, 그렇지?"

"난, 난 아무것도 바라지 않아, 알 게 뭐야." 골더가 투덜댔다. "다만, 우리가 죽어라 일하는 이유가 결국 당신네 여자들 때문이라고 생각하면…." 그는 증오심 가득한 기묘한 시선을 던지며 침묵했다.

글로리아는 어깨를 으쓱해 보였다.

"당신이나 마르쿠스 같은 남자들은 자기 아내를 위해서 일하는 게 아니야. 자기들을 위해서 일하는 거지. 자기 자신을 위해서…. 그렇고 말고, 그렇고 말고." 그녀는 강조했다. "사업은 사실상 모르핀 같은 일종의 중독이야. 사업을 하지 않는다면 당신은 세상에서 가장 불행한 남자가 될 거예요, 당신…."

골더는 신경질적으로 웃었다.

"아, 말 한번 그럴싸하게 하는군." 골더가 말했다.

# 11

조이스의 하녀가 살짝 문을 열었다.

"아가씨가 보내셨어요." 불만이 서린 차가운 시선으로 자기를 쳐다보는 글로리아에게 하녀가 말했다. "아가씨가 준비를 마치셨고 주인님께 드레스를 보여드리고 싶다고 합니다."

즉시 골더가 일어섰다.

"참 성가시네." 글로리아는 짜증 섞이고 냉담한 말투로 마지못해 중얼거렸다. "그리고 당신은 조이스를 너무 감싸고 돌아. 정말 웃겨."

그러나 골더는 벌써 자리를 떴다. 그녀는 살짝 어깨를 으쓱해 보였다.

“어쨌거나 그 애한테 서두르라고 해요, 제발! 내가 차에서 기다리는데도 여전히 거울 앞에서 빙빙 돌고 있으니. 당신 딸, 아주 대단한 인물이야. 내가 미리 경고하는데, 걔가 남자들한테 어떻게 구는지 봐요. 10분 내로 준비를 마치지 않으면 그 앨 두고 떠날 거라고 말해줄 수 있죠? 알아서들 해요.”

골더는 대답하지 않고 방을 나왔다. 복도를 지나던 그는 걸음을 멈추고 미소를 띠며 조이스의 짙고 강한 향기를 들이마셨다. 장미 한 다발처럼 공간을 가득 채우는 향기였다.

조이스는 마루판을 울리는 골더의 무거운 발소리를 알아차리고 그를 불렀다.

“아빠예요? 들어와요, 아빠….”

조이스는 환한 방 안에서 금빛 털의 페키니즈 강아지 질을 발로 건드리며, 커다란 거울 앞에 서 있었다. 그녀는 미소를 지으며 고개를 살짝 기울였다.

“아빠, 내 드레스 마음에 들어요?”

조이스는 흰색과 은색이 조화된 드레스를 입고 있었다. 그가 만족스럽게 좋다고 하자 그녀는 살짝 찌푸리며 흠 잡을 데 없이 탄탄한 목과 감탄할 만한 어깨를 턱으로 가리켰다.

“너무 덜 파인 것 같지 않아요? 안 그래요?”

“안아봐도 되니?” 골더가 물었다.

조이스는 그에게 다가와 공들여 화장한 볼과 립스틱을

바른 입술을 내밀었다.

"화장이 너무 진하구나, 조이."

"이렇게 해야 해요. 난 뺨이 너무 창백하거든요. 너무 자주 밤새워 놀고, 담배도 많이 피우고, 춤도 너무 많이 추니까요." 조이스가 덤덤하게 말했다.

"그렇겠지… 여자들은 멍청해, 넌 특히 더 심하고…." 골더가 투덜댔다.

"나는 춤추는 게 너무 좋아요." 조이스가 눈을 반쯤 감으며 속삭였다. 아름다운 입술이 가볍게 떨렸다.

조이스는 골더 앞에 서서 그에게 손을 맡겼지만, 반짝이는 커다란 두 눈은 그를 바라보고 있지 않았다. 그 눈은 골더 뒤에 놓인 거울을 주시하고 있었다. 그는 미소를 숨기지 못했다.

"조이스! 너는 예전보다 더 멋을 부리는구나, 게다가, 네 엄마가 말하기를…."

조이스가 격한 어조로 소리쳤다.

"엄마는 나보다도 더해요. 그리고 엄마에게는 변명의 여지가 없어요. 늙고 추하잖아요. 반면에 나는! 나는 아름답죠. 그렇지 않아요, 아빠?"

골더는 웃으며 딸의 볼을 꼬집었다.

"아, 당연하지! 나는 못생긴 딸은 원하지 않거든…." 갑자기 말을 멈추고 심장께에 손을 갖다 대는 그의 얼굴이 창백해졌다. 한순간 그는 숨을 몰아쉬었고, 갑작스럽게 닥친 공포에 두 눈이 커졌다. 그러고는 한숨을 내쉬고 팔을 축 늘어뜨렸다. 통증이 사라졌다. 천천히, 마지 못한 것처럼….  골더는 조이스를 밀어내고, 손수건을 집어서 이마와 차가워진 볼을 오랫동안 닦았다.

"마실 것 좀 다오, 조이스…."

그녀는 옆방에 있던 하녀를 불렀고, 하녀가 물 한 잔을 가져왔다. 그는 정신없이 들이켰다. 조이스는 다시 거울을 보면서 노래하며 머리를 매만졌다.

"대디, 날 주려고 뭘 사왔어요?"

골더는 대답하지 않았다. 조이스가 골더 쪽으로 돌아와 그의 무릎 위로 뛰어올랐다.

"대디, 대디, 나 좀 봐요, 어서요. 뭘 가져왔어요? 대답해 봐요, 나 약 올리지 말고…."

골더는 무심코 지갑을 열고 조이스의 손에 천 프랑짜리 지폐 몇 장을 쥐여주었다.

"이게 다야?"

"그래, 그걸로 충분하지 않니?" 그는 애써 웃으며 중얼거렸다.

"새 차가 필요해요."

"뭐? 지금 네 차는?"

"지겨워, 너무 작잖아요… 난 부가티를 사고 싶어요. 마드리드에 가고 싶어요….”

조이스가 갑자기 말을 멈췄다.

“누구랑?”

“친구들이랑….”

골더는 어깨를 으쓱했다.

“바보 같은 소리 하지 마라….”

“바보 같은 소리 아닌데… 난 새 차를 갖고 싶어요.”

“그냥 타던 거나 타….”

“아니요, 대디, 대디 달링… 새 차를 사주세요, 새 차요. 네? 말 잘 들을게요… 다프네 마네링은 베랭이 준 멋진 새 차가 있는데….”

“사업이 잘 안 되는구나… 내년에….”

“만날 똑같은 소리! 그게 나하고 무슨 상관이람, 어뚱게든 해줘요!”

“그만해라! 귀찮게 굴지 마!” 마침내 화가 난 골더가 소리를 질렀다.

조이스는 아무 말 없이 바닥으로 뛰어내려 곰곰 생각하더니 다시 골더에게 몸을 비볐다.

“대디… 만약 돈이 많으면 나한테 사줄 거예요?”

“뭘?”

“자동차….”

“그래.”

"언제요?"

"곧. 하지만 지금은 돈이 없다. 날 좀 귀찮게 하지 마."

조이스는 기쁨에 찬 탄성을 질렀다.

"그러면 이렇게 하면 되겠네! 우리, 오늘 밤에 클럽에 가요. 돈을 따게 해드릴게요. 호요스 아저씨가 그러는데, 내가 행운을 부른대요. 그러면 내일 차를 사줄 수 있을 거예요."

골더는 고개를 가로저었다.

"아니. 저녁 식사 후에 곧바로 돌아올 거야. 넌 아빠가 기차에서 밤을 보냈다는 생각은 못 하니?"

"그게 무슨 상관이에요?"

"내가 오늘 몸이 안 좋구나, 조이…."

"아빠가요? 한 번도 아픈 적 없었잖아요…."

"아, 그렇게 생각하니?"

조이스가 갑자기 물었다.

"아빠? 알렉, 그 사람 어때요?"

"알렉?" 골더가 되물었다. "아, 그래, 그 어린… 착하더라…."

"내가 왕자비가 되는 걸 보고 싶어요?"

"경우에 따라 다르지…."

"사람들이 날 공주처럼 떠받들 거예요."

조이스는 불 켜진 샹들리에 아래로 와서 황금빛 머리칼을 뒤로 넘겼다.

"나를 잘 봐요, 아빠… 이런 역할이 나한테 어울릴까요?"

"그래." 하고 골더가 은밀한 자부심을 드러내며 중얼거렸다. 순간 느닷없이, 고통스러울 정도로 심장이 뛰었다. "그래… 네게 잘 어울릴 거야, 우리 딸…."

"그러려면 저한테 돈 많이 주셔야 해요, 아빠!"

"그게 그렇게 돈이 많이 드니?" 좀처럼 보기 힘든 딱딱한 미소를 지어 입가까지 일그러뜨리며 골더가 물었다. "아닌 게 아니라… 요새는 왕자들이 길거리에 널렸잖니."

"맞아요, 하지만 그 사람은 내가 사랑하는 사람이에요." 열정적이고 심오한 기운이 조이스의 얼굴을 입술까지 창백하게 만들었다.

"그 남자애가 가난하다는, 땡전 한 푼 없다는 사실은 알고 있니?"

"알아요. 하지만 내가 부자잖아요."

"두고 보자꾸나."

"아." 조이스가 느닷없이 말했다. "있잖아요, 나는, 이 세상에서 전부 다 갖고 싶어요. 그럴 수 없다면 차라리 죽는 게 나아요! 다! 전부 다!" 강렬하고 거침없는 눈빛으로 반복해서 말했다. "다른 여자들은 어떻게 하는지 모르겠어요! 다프네, 걔는 돈 때문에 늙은 베랭과 자요…. 하지만 나는 사랑, 젊음, 세상 모든 것을 원해요!"

골더는 한숨을 쉬었다.

“그리고 돈….”

조이스는 흥분하고 들뜬 몸짓을 하며 그의 말을 끊었다.

“돈… 돈도 당연히 필요하죠. 아니, 그보다 멋진 드레스와 보석이 필요해요…. 전부 다 필요해, 아빠! 정말이지 미치도록! 나는 너무나 행복해지고 싶어요, 아빠, 간절하게! 아니면 차라리 죽는 게 나아요, 정말로요! 하지만 걱정은 안 해요. 나는 언제나 원하는 건 다 가졌으니까요!”

골더는 고개를 숙이고 미소 지으려 애쓰며 중얼거렸다.

“불쌍한 조이스, 너 정신이 나갔구나…. 넌 열두 살 때부터 쭉 누군가와 사랑에 빠져 있었잖니….”

“그래요, 하지만 이번에는….” 조이스는 고집스럽고 절실한 눈빛으로 그를 바라봤다. “알렉을 사랑해요. 그를 제게 주세요, 아빠….”

“자동차를 사주듯?”

골더는 쓴웃음을 지으며 말했다.

“자, 가자, 외투 입어, 내려가자….”

보석을 주렁주렁 달고 미개한 우상처럼 어둠 속에서 반짝이는 어색한 글로리아와 호요스가 차 안에서 그들을 기다리고 있었다.

## 12

자정 무렵, 글로리아가 맞은편에 자리 잡은 남편을 향해 불쑥 몸을 기울이며 말했다.

"당신, 죽은 사람처럼 창백하네요, 데이비드, 무슨 일이에요?" 그녀가 초조하게 물었다. "너무 피곤해서 그러요? 내가 말했었죠, 우리는 시부르에 갈 거라고…. 당신은 돌아가는 게 좋겠어요."

그 말을 들은 조이스가 소리쳤다.

"아빠, 좋은 생각이에요. 자, 내가 아빠를 모시고 갈게요. 그리고 나중에 시부르에서 합류하면 되지, 안 그래요, 엄마? 다프네, 네 차 좀 탈게." 조이스는 다프네를 돌아보며 말을 이었다.

"차 부수지는 마." 아편과 술에 취해 걸걸해진, 타는 듯 이상한 목소리로 다프네가 당부했다.

골더는 웨이터에게 손짓했다.

"계산서!"

그는 무심코 말한 후에야 자신들이 이곳에 '초대받았다'던 글로리아의 말을 떠올렸다. 다른 사람들은 하나같이 황급히 시선을 돌렸다. 호요스만이 비웃듯 입술을 비틀고 아무 말 없이 그를 바라보았다. 골더는 어깨를 으쓱하고는 돈을 냈다.

"가자, 조이…."

밤은 퍽 아름다웠다. 그들은 다프네의 작은 개폐식 자동차에 올라탔다. 조이스가 시동을 걸더니 바람처럼 출발했다. 가는 길 양편에 늘어선 미루나무들이 깊은 우물 속으로 잠겨 사라지는 것 같았다.

"조이스… 정신 나간 것 같으니라고… 이렇게 운전하다가 길에서 사고로 죽고 말 게다…." 창백해진 골더가 소리를 질렀다.

조이스는 아무 대답도 하지 않고 마지못해 속도를 조금 줄였다.

그들이 도시로 들어섰을 때 조이스는 눈을 동그랗게 뜨고, 약간 혼란스러운 표정으로 골더를 바라보았다.

"겁먹었어요, 아빠?"

“그러다 사고로 죽는다고.” 그가 되풀이했다.

조이스는 어깨를 으쓱했다.

“쳇, 아무려면 어때? 그럼 멋지게 죽는 거지….”

조이스는 피가 배어나는 손등의 긁힌 상처에 조심스레 입술을 가져갔다. 그리고 중얼거렸다.

“멋진 밤에… 파티 드레스를 입고 달리다가… 그렇게 끝나는 거지….”

“조용히 해라!” 골더가 끔찍하다는 듯 소리쳤다. 조이스는 웃었다.

“아이고, 늙은 우리 아빠….” 그러더니 대뜸 말했다. “자, 이제 내려요. 도착했어요….”

골더가 고개를 들었다.

“뭐라고? 아니 여기는 클럽이잖아! 아, 이제 알겠군….”

“아빠가 싫다면 바로 떠날 거예요.” 조이스는 꼼짝 않고 미소 지으며 그를 바라보았다. 조이스는 알고 있었다. 클럽 창문 너머로 비치는 밝은 불빛, 그 안에서 오가는 노름꾼들의 그림자와 바다로 향한 작은 발코니를 슬쩍 보기만 해도 골더가 이곳을 떠나지 못하리라는 사실을.

“아빠, 딱 한 시간만….”

조이스는 현관에 모여 있던 하인들에게는 아랑곳없이 거칠게 내질렀다.

“아빠, 아빠, 진짜진짜 사랑해요! 아빠가 딸 거라는 게 느껴져요. 두고 보세요!”

골더는 웃으며 중얼거렸다.

“어찌 됐든, 너한테 한 푼도 줄 생각 없어. 미리 말해둔다.”

그들은 클럽으로 들어갔다. 테이블 사이를 얼쩡거리던 여자들 몇 명이 조이스를 알아보고 친근하게 미소 지었다. 조이스는 한숨을 쉬었다.

“아, 아빠, 대체 언제 내가 게임을 하도록 허락해줄 거예요? 나도 너무나 하고 싶다고요!”

하지만 이미 골더의 귀에는 그런 말이 들리지 않았다. 골더의 눈은 카드를 바라보았고, 손은 떨리고 있었다. 조이스는 그를 여러 번 불러야 했다. 마침내 그가 돌아보았고, 느닷없이 소리를 질렀다.

“뭐? 네가 뭘 하고 싶다고? 귀찮게 굴지 마!”

“저쪽에 있을 게요.” 그녀는 벽을 따라 있는 긴 의자를 가리키며 말했다.

“그래, 네 마음대로 해. 하여튼 나 귀찮게 하지 말고!”

조이스는 웃으며 담배에 불을 붙인 후 딱딱한 작은 벨벳 소파에 다리를 접고 앉아 진주 목걸이를 만지작거렸다. 그 자리에서는 테이블에 둘러앉은 사람들만 보일 뿐이었다. 남자들은 말없이 몸을 떨고, 여자들은 하나같이 탐욕스럽고 기묘한 몸짓으로 카드와 돈을 향해 목을 길게 빼고 있었다.

모르는 남자들이 조이스 주변을 맴돌았다. 가끔 조이스

는 기분 전환 삼아 속눈썹을 살짝 내리깔고 교활하면서도 요염한 눈길을 보냈다. 그러면 그들 중 한 명이 저도 모르게 발걸음을 멈추곤 했다. 그녀는 웃음을 터뜨리고, 얼굴을 돌려 장난을 걸 남자들을 다시 기다리기 시작했다.

새로운 사람들이 판에 끼면서 대열이 흐트러지는 바람에 잠시 골더의 모습이 또렷하게 보였다. 갑자기 기묘하게 늙어 보이는 그의 육중한 얼굴, 램프 불빛을 받아 창백함을 넘어 녹색이 된 얼굴을 본 조이스는 막연한 불안을 느꼈다.

'너무 창백하잖아…. 무슨 일이 있나? 돈을 잃은 걸까?'

조이스는 자리에서 일어나 열심히 쳐다보았지만 사람들이 다시 모여들어 테이블을 에워쌌다. 그녀는 신경질을 부리며 얼굴을 찌푸렸다.

"빌어먹을! 빌어먹을! 가까이 가볼까? 아니야, 게임하는 사람한테 신경쓰면 재수가 없다잖아."

그녀는 홀을 둘러보다가 반라의 아름다운 처녀를 대동하고 지나가는 낯선 젊은 남자를 발견했다. 그녀는 급히 그에게 손짓했다.

"저기요, 이봐요, 저쪽에 있는 나이 든 골더가… 따고 있나요?"

"아니요, 늙은 원숭이 도노반이 따고 있죠." 여자가 대답했다. 도노반은 전 세계 도박장에서 유명한 도박꾼이었다. 조이스는 불같이 화를 내며 담배를 던져버렸다.

"아, 따야 해, 아빠가 따야 하는데." 그녀는 절박하게 중얼거렸다. "나는 차를 사야 한다고! 알렉과 스페인에 가고 싶어! 둘만, 자유롭게… 단 한 번도 그와 함께, 그의 품 안에서 하룻밤을 온전히 자본 적이 없어…. 사랑하는 나의 알렉…. 아, 아빠가 따야 해! 하느님, 주님, 아빠가 따게 해주세요!"

밤이 지나갔다. 조이스는 자신도 모르게 고개를 떨구었다. 연기가 눈을 가렸다.

그녀는 꿈속인 듯 누가 자신을 가리키며 웃는 소리를 들었다.

"어머, 잠자는 예쁜 조이스… 정말 아름답구나…."

그녀는 미소 지으며 목을 살짝 움직이며 진주 목걸이를 어루만졌고, 다시 깊이 잠들었다. 잠시 후 반쯤 눈을 떠보니 클럽의 창문이 빛바랜 분홍색으로 물들고 있었다.

조이스는 무거워진 머리를 힘겹게 들었다. 인파가 줄어들었다. 골더는 여전히 게임을 하고 있었다. 누가 말했다. "이제 그가 따는군, 지금까지 거의 100만 프랑을 잃더니…."

날이 밝았다. 조이스는 무의식적으로 얼굴을 빛 쪽으로 돌렸다가 계속 잤다. 누가 자신을 흔드는 것을 느꼈을 때는 환하게 날이 밝은 후였다. 그녀는 잠에서 깨어나 손을 뻗어 앞에 선 골더가 손가락 사이에 쥐여주는 꼬깃꼬깃한 빽빽

한 지폐들을 움켜쥐었다. "오, 아빠!" 그녀가 기쁨에 찬 목소리로 중얼거렸다. "정말이네! 아빠가 땄어?"

골더는 움직이지 않았다. 밤사이 자란 수염이 짙은 잿빛으로 뺨을 뒤덮었다.

그는 단어들을 쥐어짜듯 힘겹게 말했다.

"처음엔 100만 가까이 잃었는데, 그 뒤에 다시 따고 5만 프랑을 더 땄다. 그건 네 거야. 그게 전부다. 가자."

골더는 돌아서서 힘겹게 문 쪽으로 걸어갔다. 조이스는 잠이 덜 깬 채 그의 뒤를 따랐다. 조이스의 희고 커다란 벨벳 코트가 바닥에 끌렸고, 손에는 지폐가 넘쳐흘렀다.

별안간 조이스는 골더가 멈춰 서서 비틀거리는 것을 본 것 같았다.

"내가 꿈을 꾸는 건가… 아빠가 술을 마셨나?" 조이스는 그렇게 생각했다. 바로 그 순간, 커다란 몸이 기묘하고 섬뜩하게 균형을 잃었다. 골더는 두 팔을 허공에 치켜들고 허우적대다가 마침내 쓰러졌다. 마치 오래된 나무의 뿌리에서 심부까지 울려 퍼지는 듯한 깊고 둔탁한 신음을 내며.

# 13

"창에서 물러나세요, 부인." 간호사가 말했다. "의사 선생님에게 방해가 됩니다."

글로리아는 시선을 침대에 고정한 채 무의식적으로 몇 걸음 물러섰다. 뒤로 젖혀져 꼼짝하지 않는 무거운 얼굴이 베개에 묻혀 있었다. '송장 같아.' 그녀는 생각했다.

그는 의식을 회복하지 못한 것 같았다. 의사는 움직이지 않는 커다란 몸뚱이 위로 몸을 숙여 청진기로 청진하고, 촉진도 했다. 그는 꼼짝하지 않았고, 신음조차 내지 않았다.

글로리아는 안절부절못하고 두 손으로 자기 목걸이를 비비 꼬다가 얼굴을 돌렸다. "설마 죽을까? 전부 자기 잘못이지 뭐." 그녀는 신경질적으로, 주변에 다 들리도록 중얼거렸다. "도대체 무슨 생각으로 그 밤에 도박하러 간 거야? 그래, 이제 속 시원해?" 글로리아는 골더에게 말하는 양 저도 모르게 속삭였다. "바보… 돈이 얼마나 들어가겠어, 하느님 맙소사… 제발 살아나기만 해… 오래가지 않으면 좋겠는데. 그렇지 않으면 미쳐버릴 거야… 밤이 어떻게 지났는지…."

글로리아는 밤새 이 방에서 기다리며, 게달리아 박사가 도착한 새벽녘까지 매 순간 골더가 눈앞에서 죽어버리는 건 아닐까 하는 두려움에 사로잡혔던 기억을 떠올렸다. 끔찍했다.

"불쌍한 데이비드… 눈이…."

글로리아는 자기를 떠나지 않는 공허한 시선을 떠올렸다. 그는 죽는 것을 두려워했다. 그녀는 어깨를 으쓱했다. '어쨌든 이렇게 쉽게 죽지는 않겠지. 나한테 이런 일이 닥칠 줄이야!' 거울에 비친 자기 모습을 넌지시 바라보며 글로리아는 생각했다.

그녀는 무력감과 분노에 휩싸여 거칠게 손을 휘젓고는 몸을 뻣뻣하게 세운 채 안락의자에 털썩 앉았다.

그러는 동안 게달리아가 환자의 가슴까지 시트를 덮어준 후 몸을 일으켰다. 골더가 얕게 신음했다. 글로리아는 다급하게 물었다.

"어때요? 무슨 병이에요? 심각한가요? 오래가나요? 오랫동안 아플까요? 진실을 말해주세요, 제발. 전 무슨 말이든 들을 준비가 되어 있어요…."

의사는 등받이에 기대앉아 몸을 젖히고 손을 검은 수염으로 가져가더니 미소 지었다.

"부인, 너무 흥분하셨군요." 부드러운 음악처럼 흐르는 목소리로 그가 말했다. "감히 말씀드리지만, 크게 걱정하실 것 없고 별일 아닙니다. 그럼요, 그렇고 말고요. 골더 씨가 의식을 잃은 일 때문에 놀라고 충격을 받으셨지요. 놀라실 만도 합니다…. 하지만 일주일이나 열흘쯤 휴식을 취하면 괜찮아질 겁니다. 피로가 쌓인 데다 과로해서 그래요… 아, 우리는 모두 나날이 늙어가고, 환자의 동맥은 이제 스무 살 때의 동맥이 아닙니다. 한때 젊었다고 해서 영원히 젊을 수는 없는 법이죠…."

"거봐요!" 글로리아가 격하게 소리쳤다. "내가 뭐랬어! 아무 일도 아닌데 당신은 자기가 죽을 거라고 상상했지! 의사 선생님 좀 보라고! 말해봐, 뭐든 좋으니. 자, 어서!"

"안 돼요, 안 됩니다." 게달리아가 급히 말렸다. "입을 열면 안 됩니다, 그 반대예요! 휴식, 휴식, 그리고 또 휴식! 신경증을 가라앉힐 주사를 놓겠습니다. 그리고 골더 씨를 가만히 쉬게 두세요."

"에이, 당신 뭔가 느끼는 거예요? 좀 나아지는 것 같아요?" 글로리아가 초조하게 반복했다. "데이비드!"

골더가 살짝 손을 움직이고 입술을 달싹였다. 글로리아는 소리를 듣는다기보다 입술 모양을 보고 그의 말을 알아들었다. "나 아파…."

"이리로 오십시오. 부인, 환자는 두고." 게달리아가 다시 말했다. "환자는 지금 말할 수 없습니다, 하지만 우리가 하는 말은 잘 듣고 있죠, 그렇지 않습니까?" 그는 간호사와 재빨리 눈길을 주고받으며 경쾌한 어조로 말했다.

게달리아가 방을 나가자 글로리아도 복도로 따라 나왔다. "아무것도 아니죠, 그렇죠?" 그녀가 말을 걸었다. "오, 남편은 너무나 예민하고 신경질적이에요… 견디기 힘들어요. 그 사람 때문에 내가 얼마나 끔찍한 밤을 보냈는지!"

의사가 희고 작고 포동포동한 손을 엄숙하게 들어 올리며 아까와는 달라진 목소리로 선언했다.

"부인, 부인 말씀을 잠시 끊어야겠습니다! 저의 확-고-한 첫 번째 원칙은, 분명히… 병이 위험한 양상을 보일 때, 제 환자가 자신의 병에 대해 일말의 의심이라도 품게 하지 않는 것입니다. 하지만 가족들에게는 진실을 알려야 하겠죠. 그리고 저의 두 번째 원칙은 환자의 가족에게 절대 진실을 숨기지 않는다는 것입니다. 절대로요!" 그는 힘주어 반복했다.

"그러니까 뭔데요? 죽나요?"

의사의 시선은 놀란 듯하면서도 심술궂어 보였는데, 분명 이렇게 말하고 있었다. '굳이 돌려 말할 필요는 없겠군.'

그는 자리에 앉아 다리를 꼬고 고개를 살짝 젖히고는 태연하게 대답했다.

"지금 당장은 아닙니다, 부인."

"무슨 병인데요?"

"앙고르 펙토리스입니다." 그는 라틴어 음절을 하나하나 끊어서 강하게 발음하며 만족스러워했다. "쉽게 말하면 협심증입니다."

그녀는 아무 말도 하지 않았다. 그가 덧붙여 해석했다.

"환자는 여전히 오래 살 수 있습니다, 5년, 6년. 어쩌면 15년도 살 수 있죠. 식이요법과 적절한 치료를 하면요. 당연히 사업은 그만두셔야 할 겁니다. 흥분과 피로는 금물입니다. 조용하고 평화롭고 규칙적이고 흥분하지 않는 생활을 해야 해요. 완전한 휴식, 영원히… 오직 이 조건을 지켜야만, 부인, 제가 그의 생명을 보장할 수 있다고 말씀드릴 수 있습니다. 어디까지나 책임질 수 있는 범위 내에서 말이지요. 하지만 이 병은 유감스럽게도 언제든 치명적인 돌발 사태를 일으킬 수 있습니다. 우리는 신이 아닙니다…"

의사가 유쾌하게 웃었다.

"당연히 환자에게 벌써부터 병에 대해 말할 필요는 없습니다. 부인께서도 이해하시죠? 게다가 그는 엄청나게 고통받고 있습니다. 하지만 일주일이나 열흘 내에 고비를 무사히 넘길 가능성이 높습니다. 그때가 그에게 최후 통첩할 시

점이겠죠.”

 “하지만.” 메마른 목소리로 글로리아가 중얼거렸다. “아니야… 말도 안 돼… 사업을 그만두다니… 말도 안 돼, 어쩌나….” 게달리아가 아무 말도 하지 않아서 그녀는 신경질적으로 말을 끝냈다. “그랬다간 그는 죽어버릴 거예요.”

 “오, 부인.” 그가 웃으며 말했다. “제가 이런 사례를 자주 보아왔다는 걸 믿으십시오…. 감히 말씀드리면, 제 환자들은 힘 있는 분들입니다. 전성기 시절의 유명 금융인들을 치료한 적도 있지요. 여담입니다만, 제 동료들이 한결같이 가망이 없다고 선고한 환자였습니다. 하지만 중요한 건 그게 아닙니다. 어쨌든 그분도 골더 씨와 비슷한 병을 앓고 있었습니다. 그리고 제 진단도 정확히 같았어요. 주변 사람들은 그가 스스로 목숨을 끊을까 봐 걱정했죠. 그런데 보십시오, 그 유명한 금융인은 아직 살아 있습니다. 그로부터 15년이 흘렀는데 말입니다. 그분은 이제 박식한 은세공품 수집가가 되었고, 르네상스 시대의 정교한 은세공품에 열정을 바치는 사람이 되었어요. 수많은 걸작을 소장하고 있으며, 특히 첼리니의 첫 작품으로 여겨지는 금도금 물병도 소유하고 있지요. 정말 걸작입니다. 감히 말하건대, 그 분은 아름답고 희귀한 것들을 감상하는 기쁨을 이제야 비로소 누리고 있습니다. 그가 한 번도 경험하지 못했던 기쁨을요. 부인, 안심하십시오. 몇 주 동안은 어쩔 수 없이 불편하겠지만, 시간이 지나고 나면 남편분께서도 자신만의… 뭐라고 부르면 좋을까요… 취미를 발견하게 될 겁니다. 에나멜 장식품, 보석 수집, 사교 생활… 무엇이 될지 누가 알겠습니까? 남자들은 다 큰 어린애인걸요.”

‘정말 멍청이로군.’ 글로리아는 생각했다. 데이비드가 희귀한 책이나 메달과 여자에 전념한다고 상상하니 쓰디쓴 웃음이 터져나왔다. ‘세상에! 멍청이 같으니! 사는 건 어쩌고? 먹는 건? 옷은? 저 사람은 돈이 풀처럼 저절로 자라나는 줄 아나?’

글로리아는 갑자기 일어서서 고개를 숙였다.

“감사합니다, 박사님. 유의하겠습니다….”

“저도 환자의 진행 상황을 계속 살피겠습니다.” 게달리아가 옅은 미소를 지으며 말했다. “그리고 환자에게는 제가 나중에 따로 알리는 편이 좋을 것 같습니다. 세심한 배려와 섬세한 접근이 필요한 일입니다. 우리 같은 임상의들은 유감스럽게도 육체뿐만 아니라 영혼까지 다루는 데 익숙해져야 하죠.”

그는 글로리아의 손에 입을 맞추고 사라졌다. 그녀는 혼자 남았다.

글로리아는 텅 빈 복도를 이리저리 서성거렸다. 알고 있었지… 늘 알고 있었어. 그는 절대, 나를 위해 단 한 푼도 따로 남겨두지 않았어…. 돈은 이 사업에서 다른 사업으로 흘러갔고 사라졌지. 그런데 지금은? '서류상으로는 수십 억, 그래, 하지만 수중에는 한 푼도 없어, 없어…' 그녀는 이를 악물고 혼잣말했다. 그는 이렇게 말하곤 했다. '뭘 걱정하는 거야? 나 아직 살아 있어…' 멍청이! 예순여덟 살이라면 매일같이 죽음을 기다려야 하는 거 아닌가? 아내에게 적당하고 충분한 재산을 확보해주는 게 첫 번째 의무 아니던가? 그들에게 확실한 건 아무것도 없었다. 골더가 사업을 그만두면 아무것도 남지 않을 터였다. '사업… 그 살아 있는 돈의 강물이 더 이상 흐르지 않게 되면? 어쩌면 100만, 다 긁어모으면 200만 정도 남겠지…' 그녀는 생각했다. 그리고 분하다는 듯 어깨를 으쓱했다. 100만이면, 우리가 생활하는 방식으로 볼 때 6개월쯤 버틸 거야. 6개월… 거기다 죽어가는 저 쓸모없는 병자를 떠안고 살아야 한다니…. "정말이지 그가 15년 더 사는 걸 내가 바라겠어?" 글로리아는 별안간 증오에 찬 목소리로 소리쳤다. "내게 준 행복이 얼마나 된다고… 없어, 조금도…." 그가 미웠다. 난폭하고 늙고 추한, 제대로 지킬 능력조차 없는 더러운 돈 말고는 무엇도 사랑하지 않는 그를 미워했다. 그는 나를 절대로 사랑하지 않았다…. 그가 나를 보석으로 치장해준 것은 나를 살아 있는 광고판 삼아 전시하기 위함이었고, 조이스가 큰 후로 그마저 조이스에게 향하기 시작했다. 조이스? 조이스는 사랑했겠지. 물론 지금도…. 조이스는 아름답고 젊고 빛이 나니까. 자만심! 그의 마음속에는 자만심과 허영심밖에 없어!
나는 다이아몬드 하나, 새 반지 하나를 위해 요란한 언쟁을
벌이고 소리를 질러야 했지. "나 좀 내버려둬! 나는 이제 빈
털터리야, 당신은 내가 죽기를 원해?" 그러면 다른 남자들
은? 그들은 어떻게 사는데? 다른 남자들 모두 당신처럼 일
해! 그들은 자기들이 이 세상에서 가장 영리하고 강한 줄 알
진 않지만, 적어도 늙어 죽을 때쯤엔 자기 아내가 궁핍하지
않게 해준단 말이야! '세상에는 행복한 여자들도 있을 텐
데….' 그런데 나는…. 진실은, 그가 단 한 번도 나를 걱정하
지 않았다는 거야. 그는 단 한번도 나를 사랑하지 않았어….
그렇지 않다면, 내가 가진 게 하나도 없다는 걸 알면서 한
시라도 평온하게 살 수는 없었을 거야…. 내가 엄청난 인내
와 노력의 대가로 꼬불쳐둔 불행한 돈밖에 없다는 걸 알면
서…. "하지만 이건 내 돈이야, 내 거라고! 이 돈으로 자기
를 먹여 살리길 기대한다면, 웃기는 소리야. 등쳐 먹는 놈
하나도 지긋지긋해." 그녀는 호요스를 생각하며 중얼거렸
다. "아니, 아니, 자기가 해결하겠지…." 하여튼, 내가 왜 사
실대로 그에게 말해야 하지? 무슨 명목으로? 죽음에 대한
유대인 특유의 극심한 공포 때문에 그는 모든 것을 팽개칠
텐데. 그토록 소중한 자기 건강과 생명 말고는 아무것도 생
각하지 않으리란 걸 난 알고 있지…. 이기주의자, 겁쟁이….
"그토록 긴 세월 동안 죽을 때 걱정 없이 지낼 만큼 돈을 벌

지 못한 게 내 잘못이야? 그리고 하필 지금, 사업이 이토록 끔찍한 국면일 때 내가 미쳤다고 그걸 말해? 나중에… 이제 나는 모든 걸 알고 있어. 내가 지켜볼 거야. 그가 벌이려는 사업…. 그가 말했었지, '뭔가 흥미로운 것'이라고…. 자, 그러니까, 일단 일이 성사되면 그때 얘기해도 늦지 않아. 오히려 그가 또다시 무모한 일에 뛰어드는 걸 막을 수도 있겠지… 그때 말해도 충분해…."

그녀는 망설이다가 문을 바라보고 구석에 있는 작은 책상까지 걸어갔다.

게달리아 박사님,
근심 걱정에 사로잡혀 심사숙고한 끝에 급히 남편을 파리로 데려가기로 결심했습니다. 심심한 감사를 표합니다.

그녀는 쓰기를 멈추고 펜을 내던지고는 복도를 황급히 가로질러 골더의 방으로 들어갔다. 간호사는 없었다. 그는 자고 있는 듯 보였다. 미세한 전율에 손이 떨렸다. 그녀는 골더를 흘깃 바라보고는, 잠시 주위를 둘러보다가 의자 위에 아무렇게나 놓인 그의 옷가지를 발견했다. 그녀는 재킷을 들고 안주머니를 뒤져 지갑을 꺼내 펼쳤다. 지갑에는 네 번 접은 천 프랑짜리 지폐가 딱 한 장 들어 있었다. 그녀는 지폐를 손에 꼭 쥐었다.

간호사가 들어왔다.

"더 안정됐네요." 그녀가 환자를 가리키며 말했다.

　조금 난처해하며 글로리아는 몸을 굽혀 루주를 바른 입술을 남편의 볼에 살짝 갖다 댔다. 골더가 갑자기 앓는 소리를 내더니 목걸이를, 글로리아의 가슴께에 늘어진 차가운 진주들을 치워버리고 싶은 듯 손을 힘없이 들어올렸다. 글로리아는 다시 몸을 바로 세우고 한숨을 쉬었다.

"내버려두는 편이 낫겠어. 나를 못 알아보네요."

## 14

그날 밤 게달리아가 다시 찾아왔다.

"제가 책임지지 않고 골더 씨를 떠나게 하고 싶지 않았습니다. 부인, 사실 남편분께서는 현재 이송이 불가한 상태입니다. 오늘 아침에 제가 설명을 잘못 드렸나 봅니다…." 그가 말했다.

"오히려." 글로리아가 말했다. "저를 불안하게 만드셨죠… 어쩌면 지나칠 정도로?"

그리고 침묵했다. 두 사람은 한동안 아무 말 없이 서로를 바라보았다. 게달리아는 망설이는 것 같았다.

"부인, 제가 환자를 다시 한번 살펴보기를 원하십니까? 저는 멕케이 부인의 빌라데블루에서 저녁 식사를 하기로 했습니다. 어쨌든 아직 시간이 30분쯤 있습니다. 장담합니다만, 제가 내린 엄중한 진단을 변경할 수 있다면 기쁘겠습니다."

"감사합니다." 그녀는 억지로 말했다.

글로리아는 의사를 골더의 방으로 들여보냈고, 닫힌 문 뒤에서 귀를 쫑긋 세우며 홀로 응접실에 남아 있었다. 그는 매우 낮은 목소리로 간호사에게 뭐라고 말했다. 글로리아는 언짢아하며 문에서 멀어져 열린 창문으로 가서 팔을 괴었다.

15분쯤 후에 의사가 흰 양손을 비비며 나왔다.

"어떤가요?"

"음, 부인, 환자의 상태가 상당히 호전되었습니다. 덕분에 저는 이제 이 증상을 순전히 신경성 발작으로, 즉 심장의 손상과는 무관한 문제일 가능성이 크다고 보기 시작했습니다. 물론, 현재 환자가 극도로 쇠약해 있어 확신을 가지고 단언하기는 어렵지만, 한 가지 확실한 점은 앞으로의 전망이 훨씬 더 긍정적이라는 것입니다. 아마도 골더 씨는 앞으로도 오랜 세월 동안 자신의 활동을 포기할 필요가 없을 것입니다."

"정말요?" 글로리아가 말했다.

"그렇습니다."

게달리아는 잠시 멈췄다가 좀 더 가벼운 어조로 말을 이었다.

“다만, 다시 한번 말씀드리지만, 현재 환자 상태로 볼 때 이송은 불가능합니다. 부인이 책임지고 행동하시겠죠. 제 양심은 이제 한결 가벼워졌습니다, 솔직히 말씀드리자면.”

“오, 이제 그건 문제가 아니에요, 교수님….”

글로리아는 웃으며 손을 내밀었다.

“진심으로 감사드려요…. 제 순간적인 실수를 너그러이 잊어주시고 불쌍한 남편을 계속 돌봐주실 수 있겠지요?”

그는 망설이는 척하며 물러서더니 결국 약속했다.

그때부터 매일, 붉은색과 흰색이 섞인 그의 차가 골더의 집 앞에 멈춰 섰다. 그러기를 2주 가까이 계속했다. 그런 다음 돌연 게달리아는 자취를 감추었다. 나중에 의식이 돌아온 후 골더가 처음으로 한 행동은 치료비 명목으로 2만 프랑짜리 수표에 서명한 것이었다.

그날 처음으로 사람들이 환자를 일으켜 쿠션에 등을 받쳐주었다. 글로리아는 한쪽 팔을 그의 어깨 뒤에 대고 그를 부축해서 살짝 앞으로 숙이게 하고 오른손으로 그의 앞에 수표책을 펼쳐놓았다. 그녀는 슬그머니 매정하게 그를 바라보았다. 그는 너무나 변했다… 특히 코… 그전에는 이런 모양인 적이 없다고 그녀는 생각했다. 늙은 유대인 고리대 금업자의 코처럼 크고 갈고리 모양으로 굽었다…. 그리고 열과 땀 냄새를 풍기며 떠는 이 물렁물렁한 살…. 그가 힘없이 놓쳐버린 만년필이 침대 위로 떨어지자 시트에 잉크 얼룩이 번졌다. 그녀는 그것을 주워 들었다.

"좀 좋아진 것 같아요, 데이비드?"

골더는 대답하지 않았다. 2주 동안 그는 '숨이 차…' 아니면 '아파…' 외의 다른 말은 하지 않았다. 기이한 쉰 목소리로 알아들을 수 없게 중얼거리는 그 말들은 간호사만 이해하는 것 같았다. 그는 눈을 감고 팔을 몸에 딱 붙인 채 꼼짝 않고 말 한마디 없이 송장처럼 누워 지냈다. 그렇지만 게 달리아가 떠날 때면, 간호사는 골더 쪽으로 몸을 숙여 그의 자세를 매만져주고 중얼거렸다. "박사님이 기뻐하셨어요…." 그러면 골더의 떨리는 눈꺼풀 아래에서, 갑자기 단단하고 깊은 시선이 번뜩였다. 그 시선은 간호사의 입술과 얼굴에 단단히 고정되었고, 그 안에는 절박함과 고통이 서린 깊은 간청이 담겨 있었다…. '그는 모든 알고 있구나.' 간호사는 그렇게 생각했다. 하지만 말하고 명령할 정도로 회복되었을 때도 골더는 그녀에게도, 아무에게도 자신의 병명을 묻지 않았고, 얼마 동안이나 병이 계속될지, 언제 자신이 자리에서 일어날 수 있을지에 대해서도 절대 묻지 않았다. 골더는 글로리아의 막연한 말만으로도 충분한 것 같았다. "곧 좋아질 거예요… 그냥 과로 때문이었어… 하지만 담배는 피우지 말아요… 담배는 당신에게 좋지 않아요, 데이비드…. 도박도 안 돼요…. 이제 당신은 스무 살이 아니라고요….”

글로리아가 떠날 때 그는 카드를 가져다달라고 했다. 그러고는 몇 시간 동안이나 무릎에 걸쳐 놓은 쟁반 위에 카드를 펼쳐놓고 놀았다. 병 때문에 시력이 나빠졌다. 이제 그는 안경을 벗지 않았다. 굵은 은테 안경이 무거워서 계속 흘러내려 침대 위에 떨어지곤 했다. 그는 손을 더듬으며 한참 동안 안경을 찾았다. 떨리는 손끝이 시트의 주름 속을 헤매었다. 그는 한 판을 마치면 카드를 섞어서 다시 시작했다.

그날 저녁 간호사는 창문과 덧창을 열어놓은 채로 두었다. 몹시 더웠다. 밤이 되자 간호사가 어깨에 숄을 둘러주려 했지만, 골더는 초조하게 숄을 밀쳐냈다. “자, 자, 화낼 필요 없습니다, 골더 씨. 바다에서 바람이 불기 시작해요…. 다시 병이 도지는 걸 원하진 않으시잖아요….”

“젠장!” 힘없고 숨 차는 목소리로 골더가 말꼬리를 잡으며 투덜댔다. “언제쯤 나를 좀 가만 놔둘 건가? …언제쯤 내가 일어날 수 있을까?”

“박사님께서 날씨가 좋으면 주말쯤이라고 말씀하셨습니다.”

골더가 눈썹을 찌푸렸다.

“박사… 그 작자는 왜 안 오는 거지?”

“왕진이 있어서 마드리드에 가셨어요.”

“그러니까… 당신은 그 게달리아라는 의사를 잘 알아?”

그녀는 그의 눈에서 불안과 갈망을 읽었다.

"그럼요, 골더 씨, 물론이죠…."

"그럼 그자가… 정말로 훌륭한 의사요?"

"대단히 훌륭하십니다."

그는 몸을 쿠션 위로 젖히고 눈을 감으며 속삭였다.

"나는 오랫동안 아팠어…."

"이제 끝났어요…."

"끝났다고…."

골더는 자기 가슴을 만지고, 고개를 들어 간호사를 뚫어지게 바라보았다. "그런데 왜 여기가 아픈 거요?" 갑자기 입술을 떨며 그가 말했다.

"거기요? 오…."

그녀는 부드럽게 그의 손을 떼서 시트에 내려놓았다.

"아시잖아요? 박사님이 하는 말 들으셨죠? 신경성 통증이에요… 아무것도 아니랍니다…."

"아무것도 아니라고…."

골더는 한숨을 쉬고 기계적으로 몸을 일으켜 다시 카드를 집었다.

"그래… 심장병이 아니란 말이지… ?"

그는 간호사를 바라보지 않고 별다른 감흥 없이 낮게 재빨리 말했다. 간호사가 대답했다.

"아뇨, 아닙니다, 자…."

게달리아는 간호사에게 진실을 말하지 말라고 당부했었다. 하지만 언젠가 알려줘야겠지…. 어쨌든 그건 내 일이 아니야…. 불쌍한 사람, 저렇게 죽음을 두려워하다니…. 간호사가 카드를 가리켰다.

"이런, 여기 잘못 놓으셨네요… 여기에는 클로버 에이스를 놓아야 해요, 킹이 아니고…. 여기 9를 한번 봐보세요…."

"오늘이 무슨 요일이오?" 골더가 간호사의 말은 듣지도 않고 물었다.

"화요일입니다."

"벌써? 지금쯤 런던에 있어야 했는데…." 그가 작은 목소리로 말했다.

"아! 이제 여행은 삼가셔야 해요, 골더 씨…."

그 순간 골더의 입술이 파랗게 질렸다.

"왜? 왜지?" 그가 간간이 끊기는 목소리로 희미하게 말했다. "빌어먹을, 지금 무슨 말을 하는 거요? 정신이 나갔군…. 나에게 여행을 금지한 거요? 떠나지 말라고?"

"아뇨, 그런 게 아니에요." 그녀는 급히 환자를 안심시켰다. "그런 말은 어디서 들으셨어요? 저는 그런 말은 안 했습니다…. 단지 당분간 조심해야 한다는 거죠…. 그게 다입니다."

그녀는 몸을 굽혀 골더의 얼굴에 천을 가져갔다. 무겁고 굵은 땀방울이 눈물처럼 뺨 위로 흘러내리고 있었다.

‘거짓말…. 목소리를 들어보면 알 수 있어…. 나한테 대체 무슨 병이 있는 거야? 대체 왜들 나한테 진실을 숨기는 거지? 내가 나약한 여자도 아니고, 제기랄….”

골더는 힘없이 간호사를 밀치고 돌아 누웠다.

“창문을 닫아줘요…. 춥소….”

“주무시겠어요?” 그녀가 소리 없이 방을 가로지르며 물었다.

“그래요. 날 혼자 있게 해줘.”

## 15

11시가 조금 지나서 간호사가 잠에 빠져들 무렵, 느닷없이 옆방에서 골더의 목소리가 들려왔다. 간호사가 달려갔을 때, 골더는 침대 위에 앉아 있었다. 얼굴은 벌겋게 달아올랐고, 손을 되는대로 휘젓고 있었다.

"쓸래… 쓰고 싶어…."

'열이 오르는 모양이구나.' 그녀는 생각했다. 그녀는 아이를 달래듯 그를 다시 재우려 했다.

"아니, 아니요, 이 시간에는 안 돼요…. 골더 씨, 내일 쓰세요. 주무셔야 해요…."

골더는 욕설을 내뱉으며, 목소리를 가다듬고 차분하고 또렷하게 말하려 애쓰면서 명령을 반복했다.

결국 그녀가 펜과 종이 한 장을 가져다주었다. 하지만 골더는 몇 자 제대로 적지 못했다. 마치 무거운 족쇄에 묶인 듯 무겁고 고통스러운 손이 간신히 움직였기 때문이다. 그는 신음하며 중얼거렸다.

"써줘요… 당신이…."

"누구에게 쓸까요?"

"베버 박사에게. 저기, 파리 전화번호부에서 주소를 찾아줘요. '즉시 와주십시오. 위급. 내 주소. 내 이름.' 알아들었소?"

"네, 골더 씨."

그는 진정된 것 같았고, 마실 물을 부탁하고 쿠션에 몸을 던진 후 말했다.

"덧창, 창을 열어줘요… 숨이 막혀…."

"제가 여기 있기를 바라세요?"

"아니요, 그럴 필요 없소. 필요하면 부르겠소…. 전보, 내일 아침 일곱 시 되자마자, 우체국 열자마자…."

"네, 네. 걱정하지 마세요. 주무세요."

골더는 몸을 옆으로 돌렸다. 그러나 극심한 고통 속에서 깊고 거친 숨소리가 가라앉지 않았다. 그는 처량하게 창문을 뚫어져라 바라보며 꼼짝하지 않았다. 바람이 불어와 커튼과 커다란 흰색 블라인드가 흔들렸고 풍선처럼 부풀어 올랐다. 그는 오랫동안 무심코 파도 소리를 들었다… 하나,

둘, 셋… 등대의 바위 아래에 부딪히는 소리 없는 충격과 돌들 사이로 흘러가는 물의 축축하고 음악적이며 경쾌한 찰랑거림…. 고요…. 집은 빈 것 같았다.

다시 한번 골더는 생각했다.

'이게 뭘까? 내게 무슨 일이 일어난 거지? 제기랄! 도대체 내게 무슨 일이 일어난 거지? 심장? 심장 문제일까? 저들은 거짓말을 하고 있어. 나는 알아. 상황을 직시해야 해….'

골더는 생각을 멈추고 두 손을 맞대고 꼭 쥐었다. 몸이 떨리고 있었다. 그에게는 분명히 말하고 명확히 생각할 용기가 없었다, 죽음이라는 것을…. 그는 엄청난 공포를 느끼며 창을 가득 채운 어두운 하늘을 바라보았다. "그럴 수 없어, 아니, 아직은 아니야…. 아직은 일해야 해…. 그럴 수 없지. 아도나이*." 그는 잊고 살았던 신의 이름을 떠올리며 중얼거렸다. "내가 죽을 수 없다는 걸 주님께서도 잘 아시잖아요…. 그런데 왜, 왜 아무도 나에게 진실을 말해주지 않는 걸까?"

이상해. 앓는 동안 나는 그들이 하는 말을 뭐든지 다 믿었어. 그 게달리아… 그리고 글로리아…. 어쨌든 나는 나아졌어…. 그건 사실이야. 이제 몸을 일으키고 밖에 나가도 된

---

* 유대인들이 하나님의 이름 대신 사용한 존칭으로, '나의 주(主)'라는 뜻이다.

다고 했으니…. 하지만 게달리아는 믿음이 가지 않아. 게다가 이제 게달리아의 얼굴도 희미하고…. 어쩐지 그 이름마저… 돌팔이의 이름 같잖아…. 그리고 글로리아 역시 기대할 구석이 하나도 없어. 왜 그녀는 베버를 부를 생각을 안 했을까? 프랑스 제일의 의사인데? 정작 자기가 아플 때 글로리아는 망설임 없이 즉시 그를 불렀는데…. 그런데 나, 골더… 나는 아무래도 상관없단 말인가? 그는 베버의 모습을, 지쳐 보이면서도 마음속까지 꿰뚫어 볼 듯한 눈빛을 떠올렸다. 그리고 중얼거렸다. "내가 말할 거야, 그래… 나는 알아야겠어. 내게는 해야 할 일이 있어. 그는 이해할 거야…."

그렇지만… 빌어먹을, 그게 다 무슨 소용이지? 미리 알아봤자 무슨 소용이야? 클럽에서 실신했듯 그 일은 한순간에 닥칠 텐데…. 하지만 이번에는 영영… 하느님 맙소사….

'아니, 아니야! 고칠 수 없는 병은 없어! 자, 자… 나는 바보처럼 심장, 심장, 심장 이야기만 하고 있어…. 하지만 설령 심장이라 해도… 치료받고 식이요법을 한다면, 내가 잘 모르긴 해도… 아마? 분명 괜찮을 거야…. 사업… 그래, 사업… 그게 가장 끔찍해…. 하지만 사업이 영원한 건 아니야, 평생 할 것도 아니고… 자, 이제 티스크가 남았지…. 당연히 티스크 건부터 마무리해야 해…. 하지만 그러려면 6개월, 1년은 걸릴 텐데.' 그는 사업가 특유의 낙관적인 확신으로 생각했다. '그래, 최대 1년이야. 그러고 나면 끝나겠지…. 그러면 나는 조용히 휴식하며 살 수 있겠지. 나도 이제 늙었잖아… 언젠가는 멈춰야 해…. 죽을 때까지 일하고 싶지는 않아…. 나는 더 살고 싶어…. 담배는 안 피울 거야…. 술도 안 마시고, 도박도 안 할 거야…. 심장이 문제라면 안정하고 평온을 취해야 해, 흥분하면 안 돼… 감정 기복 없이….' 그는 어깨를 으쓱하고는 씁쓸한 웃음을 지으며 말했다.

"사업을 하면서… 감정 기복 없이 산다고? 하지만 티스크 건을 끝내기 전에… 난 백 번은 죽어나갈 거야, 백 번은….'

그는 고통스럽게 몸을 돌려 똑바로 누웠다. 별안간 극도로 힘이 빠지고 지친 기분이 들었다. 그는 시계를 보았다. 매우 늦은 시각이었다. 4시 가까이 되었다. 그는 목이 말랐고, 밤을 위해 준비해 둔 레몬수를 찾다가 본의 아니게 테이블에 잔을 부딪혔다.

갑자기 잠에서 깬 간호사가 문을 빼꼼히 열고 얼굴을 들이밀었다.

"좀 주무셨어요?"

"그렇소." 그가 기계적으로 대답했다.

그는 벌컥벌컥 들이켜고는 간호사에게 잔을 건네려다 별안간 멈추더니 손짓했다.

"들었소? 정원에서… 저게 뭔가? 좀 보시오….'

간호사가 창 쪽으로 몸을 기울였다.

"조이스 양이 들어오는 모양이네요."

"불러주시오."

간호사는 한숨을 내쉬며 복도로 나갔다. 조이스의 하이 힐이 타일 위에서 딱딱 소리를 냈다. 골더는 그녀가 말하는 소리를 들었다.

"무슨 일이죠? 아빠가 더 아픈 거예요?"

조이스가 뛰어 들어오더니 가장 먼저 스위치를 눌러 방 안을 불빛으로 가득 채웠다.

"어떻게 이렇게 있을 수 있는 거예요, 아빠? 이 작은 전등 은 음산하잖아요…."

"어디 있었니?" 골더가 낮은 목소리로 물었다. "이틀 동 안 널 못 봤구나…."

"오, 나도 모르겠어요. 일이 좀 있었어요…."

"어디서 오는 길이냐?"

"생세바스티안에서요. 마리아 피아 집에서 큰 무도회가 있었어요. 내 드레스 좀 보세요. 마음에 들어요?"

조이스가 커다란 외투를 반쯤 젖히자 반라의 모습이 드 러났다. 분홍빛 얇은 망사로 된 드레스는 작고 우아한 가슴 이 봉긋 솟은 곳까지 파여 있고, 진주 목걸이가 목을 감았으 며, 금빛 머리칼은 바람에 헝클어져 있었다.

"아빠… 아빠 정말 이상하네… 무슨 일이에요? 왜 아무 말도 안 해요? 화났어요?"

그녀는 가볍게 침대 위로 뛰어올라 골더의 발치에 꿇어

앉았다. "아빠, 들어봐요, 오늘 저녁에 드갈 왕자와 춤을 췄어요…. 왕자가 마리아 피아에게 하는 말을 들었어요. 'It's the loveliest girl I've ever seen(내가 본 가장 사랑스러운 소녀야)…' 왕자가 내 이름을 물었대요…. 기쁘지 않아요?" 조이스는 즐거운 웃음을 터뜨리며, 화장한 두 볼 위로 어린아이 같은 보조개를 깊게 만들며 중얼거렸다. 환자의 가슴 위로 너무 낮게 몸을 숙였기에 침대 뒤에 서 있던 간호사가 멀어지라는, 그를 내버려두라는 손짓을 했다. 골더는 시트의 무게만으로도 숨이 막혔지만 아무 말 없이 딸이 머리와 팔을 자기 몸 위에서 흔들게 두었다.

"기쁘죠, 아빠? 그럴 줄 알았어!" 조이스가 소리쳤다. 골더의 굳게 다문 입가가 고통스럽게 경련하듯 일그러지며, 미소 비슷한 것이 힘겹게 번졌다.

"내가 아빠를 내버려두고 춤추러 가서 화난 거죠… 그렇죠? 하지만 어쨌든 아빠를 처음으로 웃게 만든 건 나예요. 있잖아요, 아빠, 그거 알아요? 나 차 샀어요…. 그 차가 얼마나 멋진지 아빠가 알면 좋을 텐데…. 차가 바람처럼 달려요. 아빠는 사랑이에요, 아빠…."

조이스는 하던 말을 멈추고 갑자기 하품을 하더니 헝클어진 황금빛 머리카락을 손끝으로 잡아당겼다.

"자러 갈래요, 졸려요…. 어제도 아침 여섯 시에 들어왔는데…. 이제 못 견디겠어요, 그리고 오늘 밤에는 한순간도 쉬지 않고 춤을 췄거든요….”

조이스는 반쯤 눈을 감고 꿈꾸듯 팔찌를 만지작거리더니 낮은 소리로 흥얼거렸다.

“마르키타—마르키타—욕망이—너의 의지와는 반대로—너의 눈을 반짝이게 해—네가 춤출 때… 안녕, 아빠, 잘 자요, 좋은 꿈 꿔요….”

조이스가 몸을 숙이고 골더의 뺨에 스치듯 입을 맞췄다.

“가거라, 가서 자렴, 조이….” 그가 중얼거렸다.

조이스가 방을 나갔다. 골더는 진정되고 부드러워진 표정으로 오랫동안 그 발소리를 들었다. 저 아이… 저 분홍 드레스…. 그건 기쁨이자 생명이었다. 그는 이제 더 평온해지고 더 강해진 느낌이었다. ‘죽음은.’ 그는 생각했다 ‘될 대로 되라지, 그래, 그게 다야…. 전부 헛소리야…. 일하고 또 일해야 해…. 튀빙겐은 일흔여섯 살이야…. 우리 같은 사람들은 일이 있어야 삶을 지탱할 수 있지….’

간호사가 불을 끄고 작은 알콜 램프로 허브차를 끓였다. 골더는 느닷없이 그녀 쪽으로 돌아누웠다.

“전보는 보낼 필요 없겠소…. 찢어버려요.” 그가 말했다.

“알았습니다, 선생님.”

간호사가 방을 나가자마자 골더는 평화롭게 잠들었다.

# 16

골더가 병석에서 일어났을 때는 어느덧 9월이 끝나가고 있었다. 하지만 날씨는 바람 한 점 없이 한여름보다 더 화창했다. 공기는 꿀 같은 황금빛에 물들어 있었다.

그날 점심 식사 후에 골더는 평소 하던 대로 자러 올라가는 대신 테라스에 앉아 카드를 가져오게 했다. 글로리아는 집에 없었다. 잠시 후 호요스가 나타났다.

골더는 안경 너머로 그를 흘깃 보았지만, 아무 말도 하지 않았다. 호요스는 등받이가 조절되는 긴 의자를 거의 바닥까지 낮추고 자리를 잡았다. 마치 침대에서 하듯 머리를 뒤로 젖히고 몸을 쭉 뻗고, 손끝으로 차가운 대리석 타일을 만족스럽게 스치며 팔을 축 늘어뜨렸다.

"날씨가 좋군, 덜 더워." 그는 중얼거렸다. "더운 건 질색이야…."

"그 애가 어디서 점심을 먹었는지 혹시 모르시오?" 골더가 물었다.

"조이스? 마네링 집에 있을 것 같은데…. 왜 그러시오?"

"그냥, 도통 집에 붙어 있지를 않으니."

"그 나이에는 다들 그렇잖소…. 그런데 왜 그 애에게 새 차를 준 거요? 아주 난리도 아니던데…."

호요스는 말을 멈추고 한쪽 팔꿈치를 짚고 몸을 살짝 일으켜 정원을 바라보았다. "봐요, 저기 당신 딸 조이가 왔어요!"

호요스가 난간으로 다가가 소리쳤다.

"어이, 조이! 또 떠나는 거냐? 정신 차리렴!"

"뭐라고?" 골더가 짜증을 냈다.

호요스는 박장대소했다.

"아, 진짜 웃기는 애야…. 뭘 그렇게 다 싸들고 가는지… 질까지 데려가는데! 네 인형들은 안 데리고 가니? 아니라고? 네 귀여운 왕자님은? 그래! 골더, 저 애 좀 봐요, 정말 웃기지 않나?"

"아니, 아빠가 여기 있어요?" 조이스가 소리쳤다. "온 집 안을 다 뒤지고 있었는데."

여행용 코트를 입고 조그만 모자를 눈까지 내려오게 눌

러쓰고 강아지를 품에 안은 조이스가 테라스로 뛰어 올라왔다.

"어디 가니?" 골더가 갑자기 몸을 일으키며 물었다.

"맞혀봐요!"

"네 어리석은 변덕을 내가 어떻게 알겠어?" 골더는 신경질을 내며 소리쳤다. "그리고 내가 물으면 대답부터 해라, 알았니?"

조이스는 다리를 꼬고 앉아 도발적으로 그를 바라보다가 장난스러운 웃음을 터뜨렸다.

"마드리드에 가요."

"뭐라고?"

"아, 몰랐소?" 호요스가 끼어들었다. "그래요, 자동차로 마드리드에 가기로 했답니다, 저 애 혼자서…. 그렇지, 조이? 혼자서 가지?" 그는 웃으며 중얼거렸다. "오, 저렇게 빨리 달려 버릇하다가는 아마 길에서 차를 박살낼지도, 저 애 마음이니 어쩔 도리가 없지요…. 아, 당신은 몰랐소?"

골더가 발로 바닥을 세게 내리쳤다.

"조이스, 미친 것 같으니라고! 또 무슨 말도 안 되는 짓을 꾸민 거야?"

"새 차를 사면 마드리드에 가겠다고 아빠에게 말한 지 오래됐어요…. 그게 뭐 그렇게 대단한 일인데?"

"떠나지 마라. 알아들었니?" 골더가 천천히 말했다.

“알겠어요. 그런데 그게 무슨 상관이죠?”

골더가 느닷없이 앞으로 나서며 손을 들었지만 조이스는 조금 창백해졌을 뿐, 계속 웃었다.

“아빠! 설마 나 때리려는 거예요? 난 상관없어, 정말로. 하지만 아빠, 대가를 크게 치를 거예요.”

골더는 딸을 때리지 않고 천천히 팔을 내렸다.

“꺼져! 네가 원하는 곳으로….” 그의 꾹 다문 입술 사이로 단어들이 힘들게 빠져나왔다.

골더는 다시 자리에 앉아 카드를 집었다.

조이스가 아양을 떨며 속삭였다.

“자, 자, 아빠, 화내지 말아요…. 내가 아무 말도 없이 떠났을 수도 있었다는 걸 생각해봐요…. 그렇죠? 그리고 그게 아빠와 무슨 관계가 있어요?”

“운전 그렇게 하다 네 예쁜 얼굴이 박살나겠어, 조이.” 호요스가 그녀의 손을 어루만지며 말했다. “조심하라고….”

“그건 내 일이에요. 자, 아빠, 우리 화해해요, 자….”

조이스는 그의 가슴으로 파고들더니 팔로 목을 감싸 안았다.

“아빠….”

“네가 화해를 청할 일이 아니야… 나를 그냥 두렴… 아빠한테 말하는 투가 그게 뭐니….” 그는 그녀를 밀어내며 말했고, 호요스는 빈정거렸다.

"이제 와서 귀여운 딸아이 교육을 시작하기에는 좀 늦었다고 생각하지 않으시오?"

골더는 카드 위로 주먹을 내려쳤다.

"당신도 꺼져! 그리고 너, 너는 가거라! 내가 너에게 매달리기라도 할 것 같아?" 골더가 투덜거렸다.

"아빠! 아빠는 항상 내 일을 전부 망쳐버려요! 내 기쁨도! 내 행복도!" 조이스가 갑자기 터져 나오는 짜증 어린 눈물을 보이며 소리쳤다. 눈물이 뺨 위에서 반짝거렸다. "날 좀 내버려둬요! 내버려두라고요! 쓰러진 후로 쭉 아빠는 여기가 재미있는 줄 알죠? 하지만 난 더 이상 못 참겠어! 조심조심 걸어야 하고 작게 말해야 하고 웃지도 못하고, 온통 화나고 슬픈 늙은 얼굴들만 봐야 하고! 나는 떠나고 싶어요, 그러고 싶다고요…."

"가. 누가 너를 붙잡니? 혼자 떠나는 거니?"

"네."

골더는 목소리를 낮췄다.

"착각하지 마라, 난 네 말을 믿지 않아, 응? 너는 그 어린 녀석이랑 여기저기 쏘다닐 작정이겠지, 그렇지? 헤픈 것. 내가 장님인 줄 알지? 하지만 내가 뭘 할 수 있겠니?" 그는 떨리는 목소리로 되풀이했다. "나는 아무것도 할 수 없다. 다만 나를 우습게 볼 생각은 하지 마라, 알았지? 늙은 골더를 비웃을 작자는 아직 세상에 태어나지도 않았다, 알아들었니?”

호요스는 두 손으로 입을 가리고 조용히 웃었다.

“당신 정말 피곤하게 구는군…. 소용없는 일이오, 불쌍한 골더… 정말이지 당신은 여자를 모른다니까! 그냥 져주면 되는 거예요…. 와서 한번 안아주렴, 귀여운 조이스….”

조이스는 그의 말을 듣지 않았다. 그저 골더의 어깨에 머리를 비비고 있었다.

“대디, 사랑하는 나의 아빠….”

골더는 딸을 밀쳐냈다.

“귀찮다…. 숨 막히잖아. 그리고 빨리 가거라, 이러다 늦겠다….”

“저 포옹 안 해주세요?”

골더는 앞으로 내민 조이스의 볼에 힘겹게 입술을 갖다 댔다.

“나? 안 해주긴…. 그래, 이제 가거라….”

조이스가 골더를 바라보았다. 그는 카드를 펼쳤다. 불안정한 손가락이 테이블에서 미끄러지는 것 같았다. 그녀가 말했다.

“아빠, 나 이제 돈 하나도 없는 거 알죠?”

골더는 아무 대답도 하지 않았다. 조이스가 다시 같은 말을 반복했다.

“아빠, 그러니 돈 좀 주세요, 제발요!”

"무슨 돈?" 조이스가 한 번도 들어본 적 없는 메마르고 차가운 목소리로 골더가 물었다.

그녀는 초조해서 비비 꼬이는 손가락을 감추려 애쓰며 대답했다.

"무슨 돈이냐고요? 여행할 돈이죠. 스페인에 가서 내가 어떻게 살 것 같아? 몸이라도 팔아서?"

골더가 별안간 잔뜩 인상을 찌푸렸다.

"그러니까 큰돈이 필요하단 말이냐?" 그는 첫 번째 줄에 깔린 열세 장의 카드를 손가락으로 천천히 세면서 되물었다.

"나도 몰라, 아빠, 정말 짜증나게 하네요…. 당연히… 많이 필요하겠지… 평소처럼… 1만, 1만 2천, 2만…."

"아!"

조이스가 골더의 윗옷 주머니에 손을 넣어 지갑을 꺼내려 했다.

"오! 제발 날 짜증나게 하지 마요…. 빨리 주세요. 자, 주세요!"

"없다." 골더가 말했다.

"뭐라고요! 지금 뭐라고 했어요?" 조이스가 소리쳤다.

"없다고 했다."

골더는 고개를 뒤로 젖히고 오랫동안 딸을 바라보며 미소지었다. 골더는 예전처럼 단호하고도 또렷한 어조로 '없어’라고 말해본 것이 오랜만이었다. 그는 다시 중얼거렸다. “없어.” 그는 입안에서 과일을 맛보듯 그 단어를 음미하는 것 같았다. 그는 두 손을 천천히 턱 앞으로 모으고 손톱 끝으로 입술 가장자리를 여러 번 만져보았다.

“놀란 것 같구나? 떠나고 싶다며. 그럼 떠나. 그렇지만 나는 분명히 말했다. 한 푼도 줄 수 없다. 알아서 해! 아! 네가 아직 나를 잘 모르는구나, 내 딸.”

“아빠 미워!” 조이스가 소리쳤다.

골더는 고개를 숙이고 낮은 목소리로 카드를 세기 시작했다. 하나, 둘, 셋, 넷… 그러나 끝에 도달하자 숫자를 틀리고, 점점 더 낮고 떨리는 목소리로 다시 세기 시작했다. 하나, 둘, 셋, 그리고 힘에 부친다는 듯 멈추고는 깊이 한숨을 쉬었다.

“아빠도 마찬가지예요, 아빠는 나를 몰라요.” 조이스가 말했다. “가고 싶다고 했으니 갈게요. 아빠의 더러운 돈은 필요 없어요!”

조이스는 휘파람을 불어 강아지를 부르더니 사라졌다. 얼마 뒤 길에서 자동차가 폭풍처럼 지나가는 소리가 들려왔다. 골더는 움직이지 않았다.

호요스는 살짝 어깨를 으쓱했다.

“이봐 친구, 그 애가 알아서 할 거야….”

골더가 아무 대답도 하지 않자, 그는 지친 눈을 반쯤 감고 미소 지으며 중얼거렸다.

"당신은 여자를 전혀 모르는군, 친구…. 애 뺨을 때렸어야지…. 그랬다면 붙잡아둘 수도 있었을 텐데. 이런 어린 애들은 무슨 짓을 할지 몰라…."

골더는 주머니에서 지갑을 꺼냈다. 두 손으로 지갑을 돌려보고 뒤집어보았다. 오래된 검은 가죽 지갑은 그의 다른 물건들처럼 낡은 것이었다. 새틴 안감은 해지고 한쪽 귀퉁이도 떨어지고 없었는데, 가득 찬 지폐가 고무줄로 묶여 있었다. 갑자기 골더는 이를 악물며 지갑을 꼭 쥐고 세차게 테이블에 내려치기 시작했다. 카드들이 날아갔다. 그는 여전히 지갑을 내려쳤고 칠 때마다 둔탁한 소리가 울렸다. 마침내 그가 내려치기를 멈추고, 지갑을 주머니에 다시 넣고 일어나 호요스 앞을 지나가며 일부러 그의 몸을 강하게 떠밀었다. 그가 말했다.

"이게 내 식의 따귀야…."

## 17

　매일 아침 골더는 정원으로 내려가 나무 그늘이 드리운 오솔길을 따라 한 시간씩 걸었다. 그는 해묵은 삼나무 그늘을 따라 걸음 수를 꼬박꼬박 세며 천천히 걸었다. 50보가 되면 멈춰 서서 나무 기둥에 등을 기대고 좁아진 콧구멍을 힘겹게 벌리며 바닷바람을 들이마시려 했다. 떨리는 입술을 무의식적으로 내밀고, 고통스럽게 심호흡했다. 그런 다음 다시 걸음을 세며 걷기 시작했다. 지팡이 끝에 걸리는 자갈돌을 건성으로 쳐냈다. 낡은 회색 외투를 걸치고, 목에는 양모 목도리를 두르고, 낡고 해진 검은 모자를 쓴 그는 기이하게도 우크라이나 시골 마을의 유대인 고물상을 닮았다. 이따금 골더는 등에 진 무거운 옷감이나 고철을 끌어 올리듯,

기계적이고 지친 동작으로 어깨를 올렸다.

그날 3시경에 골더는 두 번째로 밖으로 나갔다. 날씨는 환상적이었다. 그는 바다를 마주한 벤치에 앉았다. 목도리를 살짝 풀고 외투 단추를 연 후 조심스럽게 숨을 쉬었다. 심장은 똑같은 리듬으로 뛰었다. 다만 천식의 약한 가르랑거림이 애처롭고 날카로운 소리로 가슴 속으로 공기가 들고 나는 것을 알려주었다.

벤치에는 햇빛이 가득했고, 정원은 정제된 석유처럼 투명하고 노란 빛 속에 평온하게 잠겨 있었다.

늙은 골더는 눈을 감았다. 슬픔과 안락함이 뒤섞인 한숨을 내쉬며 늘 얼음처럼 차가운 손을 무릎 위에 펴놓고 손마디를 문질렀다. 그는 열기를 좋아했다. 아마 파리나 런던 날씨는 고약했을 것이다. 그는 전날 방문하겠다고 기별한 골마르의 부장을 기다리고 있었다. 그것은 출발 신호였다. 이제 또 어디로 끌려가야 할지 신만이 알겠지. 떠난다고 생각하니 아쉬웠다. 날씨가 너무도 아름다웠다.

자갈 위로 발소리가 시끄럽게 났다. 골더는 뒤를 돌아보았고, 로에베를 알아보았다. 그는 잿빛 얼굴에 몸이 왜소하며 쇠약하고 소심한 남자였다. 서류가 잔뜩 든 거대한 가방의 무게로 휘청거리고 있었다.

로에베는 오랫동안 골마르의 단순 고용인이었지만, 5년 전부터 부장으로 일하고 있었다. 하지만 골더와 눈만 한번 마주쳐도 간담이 떨어지는 듯 불안해했다. 로에베가 어깨를 구부리고 초조하게 웃으며 급히 다가왔다. 골더는 문득 마르쿠스가 자주 하던 말을 떠올렸다. "이봐, 자네는 자네가 위대한 사업가라고 생각하지만, 자네는 그냥 투기꾼에 불과해. 자네는 사람을 제대로 볼 줄도, 고를 줄도 모른다고. 평생 혼자일 거야. 주변엔 멍청이들 아니면 사기꾼들뿐일 테고."

"여기는 왜 왔소?" 골더는 건강에 관해 묻는 로에베의 장광설을 끊으며 물었다.

로에베는 돌연 말을 그치더니 벤치 가장자리에 앉아 한숨을 쉬며 가져온 서류철을 펼쳤다.

"이런! 제가 설명해드리겠습니다…. 제 말을 주의 깊게 들어주십시오…. 그런데 혹시 이렇게 하는 게 피곤하게 해드리는 것 아닐까요? 조금 이따 말씀드릴까요? 제가 가져온 소식을…."

"안 좋은 소식이로군." 골더가 짜증을 내며 말을 끊었다. "당연하겠지. 쓸데없는 말은 그만하고, 제발. 할 말이 있으면 분명하게 하시오."

"알았습니다." 로에베가 황급히 중얼거렸다.

서류철은 너무 커서 그의 무릎 위에서 제대로 균형을 잡지 못했다. 그는 그것을 두 손으로 잡아 가슴에 꼭 대고 편지와 서류 뭉치들을 꺼내기 시작했고, 차례차례 벤치 위에 늘어놓았다. 그러고는 근심스레 중얼거렸다.

"편지를 못 찾겠군요…. 아, 있네요, 여기 있습니다. 보시겠습니까?"

골더는 그의 손에서 편지를 낚아챘다.

"이리 주시오…."

그는 편지를 읽었고 아무 말도 하지 않았다. 그러나 로에베는 골더에게서 눈을 떼지 않았고, 그의 입술이 미세하게 떨리는 것을 놓지지 않았다.

"이해하셨죠!" 마치 사과라도 하듯 로에베가 낮은 목소리로 말했다.

로에베는 골더에게 다른 서류들을 넘겨주었다.

"언제나 그렇듯이, 모든 문제가 한꺼번에 닥쳤습니다…. 뉴욕 증시가 그제 마지막 일격을 가했다고 할까요. 하지만 어차피 터질 일이었고 그저 더 빨리 터진 것뿐입니다…. 예상하고 계셨죠?"

골더가 느닷없이 고개를 들었다.

"뭐라고?" 골더가 멍하니 중얼거렸다. "그런데 뉴욕 보고서는 어디 있소?"

로에베가 서류들을 다시 뒤적거리자 골더는 불같이 화를 내며 주먹으로 서류들을 밀쳤다.

"미리 잘 정리해서 올 수는 없었소? 제기랄!"

"제가 방금 도착해서… 그리고 저는… 호텔에 들를 시간

조차 없었습니다….”

“당연히 그랬어야지.” 골더가 투덜거렸다.

“보셨나요?” 로에베가 초조하게 기침하며 강조했다. “영국 은행의 편지 말입니다. 일주일 내로 보증이 되지 않으면 주식을 강제 매각하겠다고 했습니다.”

“두고 보자고, 설마하니… 더러운 놈들. 이건 분명 베이유가 꾸민 짓이야…. 하지만 나도 가만있지 않겠어, 두고 보라니까…. 내가 빚진 돈이 400만 프랑이지?”

“그렇습니다.” 로에베가 고개를 끄덕이며 대답했다.

“현재 골마르에 대한 반감이 엄청나게 커졌습니다. 마르쿠스 씨 일 이후로, 증권 시장에서는 가장 비관적인 소문들이 돌고 있습니다. 게다가 적들까지 나서서 사장님 병세를 악의적으로 왜곡해 퍼뜨리고 있습니다….”

골더는 어깨를 으쓱했다.

“그건….”

놀랄 일이 아니었다. 마르쿠스의 자살이 미친 파장도 마찬가지였다. ‘목숨을 끊기 전, 그 생각이 위안이 되었을 테지.’ 그는 생각했다.

“이런 건.” 골더가 말했다. “아무것도 아니네. 내가 베이유와 이야기해보지…. 무엇보다 걱정되는 건 뉴욕이야… 어떻게든 뉴욕에 가야겠어. 튀빙겐 쪽에서는 아무 소식 없나?”

“있습니다. 제가 떠날 때 전보가 도착했습니다.”

“어서 내놔! 빌어먹을!”

골더는 전보를 소리 내어 읽었다. “이달 28일 런던에 체류 예정.”

골더는 가벼운 웃음을 지으며 인상을 썼다.

늙은 튀빙겐의 도움만 있으면 모든 것이 쉽게 풀릴 텐데.

“내가 29일 아침에 런던에 도착한다고 즉시 튀빙겐에게 전보를 치게.”

“알겠습니다, 사장님…. 그런데… 사람들이 말하는 이야기가 사실입니까?”

“뭐가?”

“그러니까, 튀빙겐이 사장님께 소비에트와 티스크 개발권 협상을 맡겼다는 이야기가 사실인가요? 그리고 튀빙겐이 사장님 주식을 되사들이고 이번 계약에 끌어들이려 한다는 소문도…. 이건 엄청난, 정말 대단한 거래입니다. 이 소식이 알려지면 사장님 신용은….”

“오늘이 며칠이지?” 골더가 말을 가로막았다.

그는 재빨리 계산했다.

“4시…. 오늘이라도 출발할 수 있겠군…. 아니, 토요일이니 그럴 필요 없어. 반드시 베이유를 파리에서 만나야 해. 내일. 월요일 아침엔 파리에 있어야 하고, 오후 4시에 다시 떠날 수 있겠군. 그러면 화요일에는 런던에 있겠지…. 뉴욕으로 가는 배는 1일에 있고. 뉴욕은 피하고 싶은데, 아니, 그건 불가능해…. 그렇지만 15일에는, 아무리 늦어도 20일에는 모스크바에 있어야 하는데… 아, 너무 복잡하군….”

그는 손안에서 호두를 깨듯 천천히 두 손을 맞잡았다.

“어려워… 몸을 여러 조각으로 쪼개야 가능하겠군. 어쨌든 두고 보자고….”

골더는 입을 다물었다. 로에베는 이름과 숫자가 가득 적힌 서류 한 장을 내밀었다.

“이게 뭔가?”

“한번 보시겠습니까? 직원들 임금 인상 건입니다…. 혹시 기억나십니까? 지난 4월에 사장님과 마르쿠스 씨와 함께 얘기를 나눴는데요.”

골더는 눈썹을 찌푸리며 목록을 검토했다.

“랑베르, 마티아는 알겠어… 비에이옴 양? 아, 그래, 마르쿠스의 타이피스트… 편지 한 장 정확하게 못 치는 그 한심한 여자? 천만에, 안 돼! 다른 사람은? 그 작고 등이 굽은 여자, 이름이 뭐더라?”

“가시옹 양입니다.”

“그래, 괜찮아…. 샹베르? 자네 사위 말인가? 이보게, 그 멍청이에게 자리 하나 준 것으로는 충분치 않나? 할 일이 하나도 없을 때만 오는 주제에, 그것도 일주일에 두 번 사무실에 얼굴만 비추고, 그걸 일이라고 부르다니… 한 푼도 못

올려줘, 알아들었나? 한 푼도 안 돼!”

“그렇지만 4월에⋯.”

“4월에는, 내가 돈이 있었지. 지금은 돈이 없어. 자네와 마르쿠스가 사무실에 들여놓은, 아버지 덕에 빌붙어 있는 놈들 임금까지 다 올려달라니! 자네 연필 이리 주게.”

그는 이름 몇 개에 죽죽 줄을 그었다.

“그리고 르빈은요? 얼마 전에 다섯 번째 아이가 태어났다는데⋯.”

“내 알 바 아니네!”

“사장님, 평소답지 않게 왜 이러십니까?”

“내 돈으로 자선사업이라도 하란 말인가? 로에베, 당신처럼. 여기저기 큰소리 쳐놓고⋯. 하지만 그 후에⋯ 금고에 돈한 푼 없을 때 책임지는 건 나이지 않나?”

골더는 갑자기 침묵했다. 기차가 지나갔다. 조용한 하늘 아래 점점 커지고 가까워지는 소리가 뚜렷하게 울려 퍼졌다. 골더는 고개를 숙이고 그 소리를 들었다.

로에베가 중얼거렸다.

“그래도 다시 생각해보실 거죠? 르빈 건은⋯ 한 달에 2천 프랑으로 다섯 아이를 먹여 살리는 건 힘든 일입니다. 조금만 동정심을 보여주세요⋯.”

기차가 멀어졌다. 희미해지고 잦아드는 긴 기적 소리가 호출 소리처럼, 불안한 질문처럼 대기를 가로질렀다.

“동정심이라니!” 골더가 별안간 난폭하게 소리쳤다. “왜? 누구도 나에게 자비를 베풀지 않아, 그렇지 않은가? 누구도 나를 불쌍히 여긴적이 없어….”

“오! 사장님….”

“돈을 지불하고, 또 지불하고. 끝없이 돈을 내는 것. 그게 내가 세상에 존재하는 이유지….”

골더는 힘들게 숨을 내쉬고 짐짓 다른 목소리로 더 낮게 말을 맺었다.

“줄 그은 인상분은 삭제하게. 이해했나? 그리고 좌석을 알아보게. 우린 내일 출발해.”

## 18

　　"내일 출발해." 자리에서 일어서며 느닷없이 골더가 말
했다.

　　글로리아는 살짝 움찔하며 중얼거렸다.

　　"아! 장기간인가요?"

　　"그래….."

　　"당신…. 신중하게 판단한 거예요? 데이비드, 당신 아직
환자예요."

　　골더는 웃음을 터뜨렸다.

　　"그게 무슨 상관이야? 내게 다른 사람들처럼 아플 권리
가 있기나 한가?"

　　"오, 피해자인 것처럼 말하네요." 글로리아가 화를 내며

말끝을 흐렸다.

골더는 문을 쾅 닫고 방을 나왔다. 벽난로 위에 있는 크리스털 촛대가 바람결에 흔들리며 침묵 속에서 짤랑이는 소리가 울렸다.

"골더가 신경이 곤두섰나 보군." 호요스가 조용히 말했다.

"그렇네요. 오늘 저녁에 외출해요? 자동차 필요해요?"

"고맙지만 괜찮소."

글로리아가 하인 쪽으로 돌아섰다.

"오늘 저녁에는 기사 필요 없어요."

"알았습니다, 부인."

하인은 은쟁반과 리큐어, 시가를 탁자에 올려놓고 방을 나갔다.

글로리아는 신경질적으로 전등 주위에서 윙윙대는 모기를 쫓았다.

"아! 짜증 나…. 커피 드실래요?"

"조이는? 그 애 소식 들었소?"

"아니요."

글로리아는 한순간 침묵하다가 화를 내며 다시 말을 시작했다.

"이 모든 게 데이비드 탓이야! 조이스를 정신 나간 멍청이처럼 다 망쳐놓고 있어! 심지어 딸을 사랑하지도 않으면서! 그 애는 졸부의 천박한 허영심에 비위를 맞출 뿐이죠!

이게 자랑스러울 일이야? 정말? 조이스는 창녀처럼 행동해요! 데이비드가 쓰러진 그 밤, 클럽에서 그 애가 얼마나 많은 돈을 받았는지 알아요? 5만 프랑을 줬대요. 기가 막혀, 안 그래요? 누가 그날 상황을 자세히 전해주었어요. 반쯤 잠에 취한 조이스가, 손가락 사이에 돈다발을 쥔 채 그곳을 걸어다니고 있었대. 꼭 늙은 남자를 등쳐먹은 여자처럼! 그런데 나에게는 언제나 똑같은 싸움, 똑같은 말뿐이죠. 사업이 잘 안 된다는 둥, 나를 위해 일하는 건 지겹다는 둥! 아, 나는 불행한 여자예요! 그런데 어쩜 조이스에 대해서는!"

"오! 조이스는 매력적인 아이야⋯."

"나도 알아요." 글로리아가 그의 말을 끊었다.

호요스가 갑자기 말을 멈추고 자리에서 일어나 창 쪽으로 가서 바람을 쐬었다.

"날씨가 너무 좋군⋯. 정원으로 가지 않겠소?"

"당신이 원한다면."

그들은 함께 밖으로 나갔다. 달이 없는 아름다운 밤이었다. 테라스의 커다란 흰 전등이 산책길의 자갈과 나뭇가지에 극장 조명 같은 차가운 불빛을 가루처럼 뿌려놓았다.

"날씨가 좋으니 공기가 상쾌하군." 호요스가 같은 말을 되풀이했다. "바람이 스페인에서 불어와, 계피 향이 나네. 못 느끼겠소?"

"아뇨." 그녀가 무뚝뚝하게 대답했다.

글로리아가 벤치에 발을 부딪쳤다.

"우리 앉아요, 어둠 속에서 걸으려니 힘들어요."

호요스는 글로리아 곁에 앉아 담배에 불을 붙였다. 라이터의 불꽃이 돌연 그의 숙인 얼굴과 죽은 꽃처럼 쪼그라들고 허약하고 불룩한 눈꺼풀과 아직은 도톰한 생기 있는 입술을 비췄다.

"어, 이게 무슨 일이지? 오늘 저녁은 우리 둘뿐인가?"

"누구 기다려요?" 글로리아가 건성으로 물었다.

"아니, 딱히 기다리는 건 아니오. 그런데 좀 이상하군⋯ 이 집은 언제나 장날 여관처럼 붐비는데. 그렇다고 불평하는 건 아니오⋯. 우리도 이제 늙었으니⋯. 주변에 사람들과 소리가 필요해요. 예전에는 그렇지 않았지만, 모든 것은 변하는 법⋯."

"예전이라니." 그녀가 되풀이했다. "몇 년이나 되는지 알아요? 끔찍해요⋯."

"거의 20년이오!"

"1901년. 1901년 니스 카니발이에요. 25년 됐어요."

"그렇군." 그가 중얼거렸다. "둥글고 납작한 모자를 쓰고 수수한 드레스를 입은, 길을 잃은 젊은 외국인 여자였는데⋯ 얼마 못 가 그녀는 변했지."

"그때는 당신이 나를 사랑했었죠⋯. 그런데⋯ 이제 당신은 돈에만 집착해요. 만일 내게 돈이 없었더라면!"

호요스는 살짝 어깨를 으쓱했다.

"쉬, 쉬… 화내지 말아요, 그러면 더 늙어 보여…. 그리고 나는 오늘 저녁 아주 감동했소. 아쥐르에아르장 무도회, 기억나오?"

"그럼요."

두 사람은 카니발의 밤, 니스 거리, 노래하며 지나가던 수많은 가면, 야자수, 달, 그리고 마세나 광장을 가득 메운 사람들의 함성을 동시에 떠올리며 말이 없었다. 그들의 청춘을… 나폴리 연가처럼 관능적이고 유혹에 빠지기 쉬웠던 아름다운 밤을.

호요스가 담배를 거칠게 털었다.

"오! 내 사랑, 회상은 그만해요. 회상하니 죽음의 냉기를 느끼게 되는군!"

"맞아요." 글로리아가 본능적으로 몸을 떨며 말했다. "그 시절을 떠올리면… 나는 유럽으로 오고 싶어했어요. 데이비드가 어떻게 내 여행 경비를 마련했는지는 모르겠어요. 나는 3등 선실을 타고 왔어요. 갑판에서 보석을 휘감은 여자들이 춤추는 걸 봤는데… 왜 모든 것은 너무 늦게 오는 걸까요? 그리고 여기… 프랑스에서… 작은 하숙집에서 살았어요. 월말에 미국에서 돈이 오지 않으면 나는 방에서 오렌지 하나로 저녁을 때웠죠. 당신은 그런 건 절대 몰랐죠? 나는 허세를 부렸어요…. 그래요, 즐겁지만은 않았어… 하지만 그날들, 그 밤들로 돌아갈 수 있다면 뭐든 주고 싶어…."

"이제는 조이스 차례요… 이상하군, 그게 짜증이 나면서도 동시에 위안이 되니…. 당신은 아니지, 그렇지?"

"아니."

"그럴 줄 알았소." 호요스가 속삭였다. 목소리를 듣고 글로리아는 그가 웃고 있음을 짐작했다.

불쑥 글로리아가 말했다.

"나를 괴롭히는 게 하나 있어요…. 게달리아가 데이비드의 병에 대해서 뭐라고 했는지, 당신은 자주 물어봤었죠."

"그래. 그랬지."

"협심증이에요. 언제든 죽을 수 있어요."

"데이비드도 알고 있소?"

"아뇨. 내가… 게달리아가 아무 말 못 하도록 조치했어요. 게달리아는 데이비드가 사업을 포기하게 만들려 했어요. 그러면 우리가 어떻게 살아가겠어요? 그 사람은 나를 위해서 무엇 하나 마련해두지 않았어요. 무엇 하나도, 단 한 푼도. 데이비드가 이렇게 빨리 떠나야 하는 상황이 오리라고는 예상하지 못했어요. 그리고 오늘 저녁, 그의 얼굴에는 죽음이 드리워져 있더군요. 그러니 정말로 이제 어떤 게 나은지 모르겠어요…."

호요스가 짜증스러운 표정을 지으며 손가락으로 가볍게 딱 소리를 냈다.

"대체 왜 그랬소?"

"왜긴!" 그녀가 짜증스럽게 말했다. "그게 옳은 선택인 줄 알았는데… 평소처럼 당신 생각을 했어요. 데이비드가 돈 한 푼 못 벌게 되면 당신은 어떻게 되겠어요? 당신은 내 돈이 어디로 가는지 잘 알고 있을 텐데요?"

"오!" 호요스가 웃으며 말했다. "나는 여자들한테 아무 부담도 안 되는 날까지는 살고 싶지 않아. 진심만 남은 늙은 정부라니… 그 구차한 멋, 솔직히 좀 마음에 들긴 하지만."

글로리아는 짜증스럽게 어깨를 으쓱했다.

"오! 됐어요! 내가 어느 정도로 신경이 곤두서 있는지 당신은 못 느끼네요. 도대체 날더러 어쩌라는 거죠? 데이비드에게 진실을 말하고, 그가 모든 걸 내팽개치면? 아니라고 말하지 말아요. 당신은 그 사람을 몰라요. 요즘 데이비드는 건강에 집착하는 데다 죽음에 대한 공포에 사로잡혀 있어요. 당신은 아침에 그를 본 적이 없죠? 낡은 외투를 걸치고 정원에서 햇볕을 쬐고 있는 모습을? 아, 제기랄, 그렇게 질질 끌며 살아가는 걸 몇 년이고 더 봐야 한다면 차라리 지금 당장 죽는 쪽이 낫겠어요! 다만… 아! 아무도 남편을 그리워하지 않을 거예요, 장담해요."

호요스는 몸을 낮춰 꽃 한 송이를 꺾어 들고는 손가락 사이에서 꽃잎을 살짝 비빈 후 묻어난 향기를 들이마셨다.

"향기가 참 좋군." 그가 중얼거렸다. "감미로워… 미묘한 후추 향…. 화단 가장자리를 따라 심긴 작고 매혹적인 흰 카네이션 때문이겠지…. 당신은 당신 남편에게 가혹해요, 내 사랑. 그는 선한 남자요.”

“선한 남자라니.” 글로리아가 코웃음을 쳤다. “그가 얼마나 많은 파산과 자살과 불행을 만들어냈는지 알기나 해요? 26년 동안 동업자이자 친구였던 마르쿠스가 자살한 것도 그 사람 때문이에요! 당신 그건 몰랐죠, 그렇죠?”

“몰랐소.” 호요스가 태연스레 대답했다.

“자, 이제 어쩌죠?” 글로리아가 다시 물었다.

“오, 할 수 있는 일은 한 가지뿐이오, 가엾은 나의 벗… 가능한 한 천천히 그를 준비시키고, 부드럽게 이해시키는 거야. 수중에 쥔 사업을 그만두지 않을 것 같으니 말이오…. 피슐이 내게 어렴풋이 말해주었소. 하지만 당신도 알다시피 나는 그런 쪽은 잘 모르잖아. 내가 파악하기로 요즘 당신 남편의 사업은 엉망이야. 소비에트와의 협상을 통해 다시 일어설 계획인 것 같소. 아마도 석유와 관련된 일 같은데… 어쨌든 확실한 건, 데이비드가 갑자기 죽기라도 하면, 그의 재산 상태로 봐서는 당신은 엄청 복잡한 상속 문제에 휘말릴 거란 거야. 빚투성이에, 정작 손에 쥘 돈은 없을 테니….”

“맞아요.” 글로리아가 중얼거렸다. “그의 사업은 완전히 혼란 그 자체야. 그 자신도 갈피를 잡지 못하고 있어요. 내 생각에는….”

"그런데도 상황을 이해하는 사람이 그 말고는 없단 말이오?"

"전혀요." 글로리아는 화를 내며 어깨를 으쓱했다. "그는 세상 전부를 경계해요. 그리고 특히 나를 경계해요! 그 잘난 사업! 나한테 사업을 마치 애인처럼 감춰!"

"만일 자기 생명이 위중하다는 사실을 짐작한다면, 그도 뭔가 조치를 취하지 않겠소? 난 그렇게 확신하오. 그리고 사업에 박차를 가하겠지, 어떤 의미에서는….."

호요스는 살짝 웃었다.

"마지막 사업, 마지막 기회…. 생각해봐요. 그래, 데이비드를 이해시켜야 해….."

본능적으로 두 사람은 몸을 돌려 집을 바라보았다. 2층 골더의 방 창문에 불이 켜져 있었다.

"안 자는군….."

"아!" 글로리아가 가만히 말했다. "그를 볼 수가 없어요, 나는… 그는 단 한 번도 나를 이해한 적 없고, 사랑한 적도 없어…. 평생 돈, 돈… 기계 같았어요…. 마음도, 감각도 없고, 아무것도 없는 사람. 나는 그와 함께 잤어요, 여러 해 동안…. 그는 언제나 지금과 똑같았어. 냉담하고 무정했어요. 돈, 사업… 한 번도 미소를 보인 적 없고, 한 번도 다정하게 대해준 적 없었어… 소리치고 싸우고… 아! 나는 행복하지 않았어요….."

글로리아는 입을 다물었다. 그녀가 움직이자 산책길을 밝히는 전구의 반사광에 귀에 걸린 다이아몬드가 반짝거렸다. 호요스가 미소 지었다.

"너무나 아름다운 밤이오." 호요스가 꿈꾸듯 말했다. "꽃향기가 향기롭군. 황홀해… 당신의 향수는 너무 강해, 글로리아, 전에도 말했잖소…. 그 향수가 이 가련한 가을 장미향을 죽인다오…. 너무 고요해… 정말 멋지군… 바다 소리가 들리지… 너무나 평온한 밤이야… 거리에 있는 저 여자들의 소리, 노래하는 소리를 들어봐요… 감미롭지 않소? 저 순수하고 아름다운 목소리, 밤… 나는 이 고장을 사랑하오. 이 집이 팔리는 걸 본다면, 정말이지 마음이 찢어질 듯 아플 거요."

"당신 미쳤어요?" 그녀가 중얼거렸다. "지금 무슨 소릴 하는 거예요?"

"글쎄, 그런 일이 일어날 수도 있잖소. 이 집은 당신 명의로 돼 있지 않잖소?"

글로리아는 아무 대답도 하지 않았다. 호요스가 말을 계속했다.

"당신은 수없이 시도했지, 기억나오? 그는 언제나 이렇게 말했지… '나 아직 살아 있어….' 안 그렇소?"

"오늘 밤 당장 말해야겠어요…."

"그래요, 정말이지 그러는 편이 좋겠소…."

"즉시…."

"그러는 편이 좋겠소…." 그가 반복했다.

그녀가 천천히 일어섰다.

"아! 이 모든 일이 나를 짜증 나게 해요… 당신은 여기 좀 더 있겠어요?"

"그래요, 날씨가 너무 좋아…."

## 19

　글로리아가 방에 들어섰을 때 골더는 일하고 있었다. 그는 침대에 앉아 구겨진 쿠션들을 겹겹이 쌓아 몸을 지탱하고 있었다. 셔츠는 가슴께에서 풀어져 있었고, 단추를 푼 넓은 소매가 맨팔 위에서 펄럭였다. 그는 램프를 침대 위에, 반쯤 빈 찻잔과 오렌지 껍질이 담긴 접시가 함께 놓인 쟁반 위에 놓아두었다. 램프 불빛이 고개 숙인 그의 얼굴에 수직으로 내리쬐며 흰머리를 환하게 비췄다.

　글로리아가 방문을 열자 골더는 거칠게 몸을 돌려 그녀를 바라보았고, 고개를 더욱 깊이 숙이면서 투덜거렸다.

　"뭐야? 또 무슨 일이야?"

　"말할 게 있어요." 그녀가 냉담하게 대답했다.

골더는 안경을 벗고 손수건 모서리로 붉어진 눈 주위를 오래 문질렀다. 글로리아는 등을 꼿꼿이 세우고 진주 목걸이를 만지작거리며 침대 위, 그의 곁에 앉았다.

"들어봐요, 데이비드… 당신에게 꼭 말해야겠어요. 당신은 내일 떠나요. 당신은 아프고 지쳤어요…. 혹시 당신에게 무슨 일이 일어난다면 내가 이 세상에 혼자가 되리라는 사실에 대해 제대로 생각해봤어요?"

골더는 침울하고 냉담한 표정으로, 움직이지 않고 한마디 말도 없이 그녀가 하는 말을 들었다.

"데이비드…."

"나한테 바라는 게 뭐요?" 이윽고 글로리아만이 알고 있는 냉혹하고 소심하고 고집스러운 표정으로 그녀를 바라보며 골더가 물었다. "날 내버려둬, 할 일이 있어…."

"내가 하는 말은 나에게 당신의 일만큼이나 중요해요. 미리 말해두지만, 나를 그렇게 쉽게 떨쳐낼 순 없을 거예요…."

그녀는 차가운 분노로 입술을 앙 다물었다.

"왜 이렇게 갑자기 떠나요?"

"사업 때문에."

"아! 당신이 정부를 만나러 가지 않는다는 건 나도 잘 알아요." 그녀가 분에 겨워 어깨를 으쓱거리며 소리쳤다. "오! 데이비드, 조심해요, 나를 화나게 하지 마요! 어디 가는 거예요? 사업이 잘 안되는 거죠, 그렇죠?”

“아냐, 그렇지 않아.” 그가 조용히 중얼거렸다.

“데이비드!”

글로리아는 자신도 모르게 신경질적으로 소리를 질렀다가 간신히 진정했다.

“나는 당신 아내예요, 그렇다고 생각해요…. 당신만큼이나 나에게도 상관있는 사업에 관심을 가질 권리가 있어요!”

“지금까지.” 골더가 천천히 말을 시작했다. “당신은 이렇게 말하곤 했지. ‘돈을 원해요, 해결해줘요.’ 나는 언제나 해결해줬어. 내가 죽을 때까지 그럴 거야.”

“그래요, 그래.” 글로리아가 짜증과 은밀한 위협이 뒤섞인 목소리로 그의 말을 가로막았다. “나는 잘 알고 있어요… 늘 똑같은 소리잖아. 당신 일, 당신 일! 그런데 말이야, 그러는 사이, 나는 도대체 뭘 갖게 되는 거야? 만일 당신이 사라져버리면! 당신은 정말 잘 해결했겠죠, 그렇죠? 하지만 당신이 죽고 채권자들이 전부 나에게 달려들 때, 나는 가진 게 하나도 없을 거예요, 한 푼도 없을 거라고요!”

“내가 죽고? 죽는다고? 나 아직 안 죽었어! 그렇지? 응?” 골더가 갑자기 전율하며 소리쳤다. “닥쳐, 닥치라고!”

글로리아가 냉소하며 말했다.

“그래요, 그래, 날갯죽지 밑에 머리를 처박고 숨는 타조처럼 당신은 아무것도 보려 하지 않고, 아무것도 이해하려

하지 않아! 좋아, 맘대로 해! 당신은 협심증을 앓고 있어요! 내일 죽을 수도 있다고요. 왜 나를 그런 눈으로 봐요? …당신이야말로 내가 본 최고의 겁쟁이에요! 이게 남자야? 이걸 남자라고 부를 수 있나? …이것 좀 봐! 기절하겠네, 정말! 자, 그런 얼굴 하지 말고." 글로리아는 어깨를 으쓱하고 계속했다. "당신 아직 20년은 살 수 있대요, 의사가 그렇게 말했어요. 다만, 당신이 원하는 게 뭐죠? 이제는 현실을 직시해야 해요! 우리는 결국 모두 죽어요…. 하지만 니콜라 레비, 포르제스 그리고 거액을 굴리던 수많은 사람을 떠올려 봐요. 그들이 죽었을 때 그들의 아내에게 뭐가 남았어요? 은행 빚만 남았죠. 나는 그런 꼴을 당하고 싶지 않아요. 듣고 있어요? 지금 당장 해결해요. 먼저, 이 집을 내 명의로 돌려놔요. 당신이 좋은 남편이었다면 진작에 나에게 적절한 재산을 보장해줬을 거예요. 하지만 난 아무것도 없어요."

글로리아는 느닷없이 말을 멈추고 비명을 질렀다. 골더가 주먹을 내려치자 쟁반과 램프가 바닥에 떨어졌다. 유리 깨지는 소리와 함께 깨진 파편들이 잠든 집의 침묵 속에서 바닥을 굴렀다.

글로리아는 큰 소리로 토해냈다.

"짐승! 짐승! 나쁜 놈! 당신은 안 변했어! …그래! 넌 여전히 똑같아! …뉴욕에서 자루 하나 메고 넝마랑 고철을 팔던 그 가련한 유대인 꼬마 기억나? 기억나냐고?"

"그러는 당신은, 키치니프 기억나지? 유대인 거리의 고리대금업자였던 당신 아버지의 가게, 기억나지? 당신은 그 시절에 글로리아라고 불리지도 않았잖아? 그렇지… 하브케! 하브케!"

골더는 주먹질하며 욕을 하듯 이디시어로 고래고래 그 이름을 불렀다. 글로리아는 골더의 어깨를 잡고 머리를 자기 가슴에 처박으며 그가 더 소리치지 못하게 막았다.

"닥쳐, 닥쳐, 닥치라고! …이 짐승! 상놈! 하인들이 있어, 하인들이 듣는다고! …절대 당신을 용서하지 않을 거야! …닥쳐, 죽여버릴 거야, 닥치라고!"

그러다 돌연 글로리아가 골더를 놓아주고 끙끙거렸다. 늙은 골더의 입이 진주 목걸이 사이의 살을 난폭하게 물어뜯은 것이다. 골더는 핏발 선 눈으로 성난 개처럼 소리쳤다.

"네가 감히! 감히 요구하다니! 아무것도 없다고? 그런데 이건? 그리고 이건? 그리고 이건?"

골더는 격분해서 묵직한 목걸이를 손가락 사이에 감고 꼬면서 흔들어댔다. 글로리아가 그의 손을 손톱으로 찔러댔지만 그는 버텼다. 골더는 숨이 턱에 차서 고래고래 소리를 질렀다.

"이봐, 이거 하나만 해도 백만 프랑은 되겠네! 그리고 네 에메랄드는? 목걸이는? 팔찌는? 반지는? …당신이 가진 모든 것, 머리끝에서 발끝까지 당신을 덮고 있는 모든 것….

그런데 네가 감히, 내가 널 부자로 만들어주지 않았다고 말할 수 있어? 감히 그런 말을 해! 보석으로 뒤덮인 당신을 봐, 나에게서 갈취하고 훔친 돈으로 배부른 당신을 좀 보라고! 너, …하브케! 내가 널 데려왔을 때, 넌 가난하고 비참한 여자였어, 기억해? 기억해보라고! 구멍 난 신발에 구멍 난 스타킹을 신고 눈 속을 달렸어, 손이 추위에 부풀고 벌겋게 된 채로. 아, 이 여자야, 내가, 내가 기억한다고! 그리고 우리가 떠날 때 그 배도, 이민자들이 몰려 있던 갑판도…. 그런데 지금은 글로리아 골더잖아! 드레스에 보석에 집에 자동차에… 전부 내가, 내 건강과 내 인생을 바쳐서 사줬잖아! …당신이 내게서 가져간, 당신이 내게서 훔쳐간 전부를! 이 집을 샀을 때 호요스랑 짜고 당신이 거의 20만 프랑의 수수료를 나눠 가진 걸 내가 모를 줄 알지? 돈, 돈, 돈… 아침부터 밤까지, 나는 돈을 쏟아부었어! 돈, 돈, 돈… 내 인생은 오직 돈을 내는 게 전부였다고! 그런데 당신은 내가 아무것도 모른다고, 내가 아무것도 이해하지 못한다고, 내 돈으로 그리고 조이스의 돈으로 배를 불리고 부자가 되는 걸 내가 몰랐을 거라고 생각하는 거야? 네가 다이아몬드를, 유가증권을 쓸어 담는 걸 내가 못 봤을 거라고? 몇 년 전부터 당신은 나보다 더 부자야, 알아들어? 알아듣냐고?”

고함이 골더의 가슴을 찢어놓았다. 그는 두 손을 목에 갖다 댔고, 기침이 발작하듯 터져 나왔다. 끔찍한 기침이 그의 몸을 폭풍처럼 흔들었다. 한순간 글로리아는 그가 죽는 줄 알았다. 하지만 골더는 여전히 거친 숨을 몰아쉬고 있었다. 찢어진 가슴 저 밑바닥에서부터, 참을 수 없는 고통 속에서 마지막 남은 힘을 짜내어 말을 내뱉었다.

"이 집! …넌 절대 가질 수 없어! 알아듣겠어? 절대…." 그러고 나서 골더는 뒤로 벌렁 자빠져 눈을 감은 채 꼼짝하지 않고 아무 말도 하지 않았다. 그는 글로리아의 존재를 잊어버렸다. 단지 자기 숨소리, 잦아들지 않는 끙끙거리는 기침 소리, 그리고 늙고 아픈 심장이 가슴을 깊고 둔탁하게 두드리는 소리만 들을 뿐이었다.

시간이 꽤 흘렀다. 발작이 조금씩 잦아들었다. 기침은 더 약해지고 가벼워졌다. 골더는 글로리아 쪽으로 얼굴을 돌리고 숨차고 기진맥진한 낮은 목소리로 힘겹게 중얼거렸다.

"당신이 가진 걸로 만족해! 장담컨대 나에게서 이 이상 아무것도 얻어내지 못할 거야. 아무것도…."

글로리아는 넌더리를 내며 골더의 말을 가로막았다.

"말하지 마. 당신 말 듣고 있기 힘들어."

"날 좀 내버려둬." 골더는 글로리아가 내민 손을 뿌리치며 분노했다. 그녀의 살, 그녀의 손가락, 그녀의 차가운 반지들이 닿는 것을 견딜 수 없었다.

"내버려둬. 이번만은 당신이 꼭 알아뒀으면 좋겠군. 내가 살아 있는 한, 다 괜찮아…. 당신은 내 아내고, 나는 당신에게 내가 줄 수 있는 모든 걸 줬어…. 하지만 내가 죽은 후에 당신은 아무것도 갖지 못할 거야. 알겠어? 아무것도. 당신이 쓸어 담은 것들 말고는…. 사실 그것도 너무 많아…. 조이스가 전부 가질 수 있게 처리해두었어. 당신에게는 한 푼도 없어. 땡전 한 푼도. 아무것도 없어. 단 한 푼도 네게 남는 건 없어. 알았어? 내 말 듣고 있지?"

골더는 글로리아의 볼이 녹아내리는 화장 아래 파랗게 질리는 것을 분명히 보았다.

"지금 뭐라고 했어?" 그녀가 무거운 목소리로 물었다. "당신 미쳤어, 데이비드?"

그는 얼굴에 흐르는 땀을 닦고 침울하게 글로리아를 바라보았다.

"나는 조이스가 자유롭고 부유하기를 원해… 하지만 당신은…."

골더가 거칠게 이를 악물었다.

"그렇게 안 돼, 알겠어? 그렇게는 안 돼…."

"왜?" 글로리아가 약간은 천진하게, 무심코 물었다.

"왜냐고?" 골더가 천천히 반복했다. "아, 그렇군… 당신은 정말 내가 그 이유를 말해주기를 원해? 그건 말야, 내가 당신을 위해서 할 만큼 했다고 생각하기 때문이야. 나는 당신을 충분히 부자로 만들어주었어, 당신과 당신 정부들을…."

"뭐라고?"

골더가 갑자기 웃어댔다.

"아, 그게 놀라워? …하지만 이제 좀 이해가 되지, 그렇지? 그래… 당신 정부들… 전부…. 그 조그만 포르제스, 루이스 위히만… 그리고 나머지 놈들… 그리고 호요스… 특히 호요스…. 아, 이 작자는… 나는 그자가 내 돈으로 반지를 끼고 옷을 입은 걸 20년 전부터 보아왔고, 심지어 내 돈으로 사들인 여자들과 함께 있는 것까지 보아왔어…. 이제 지긋지긋해. 알겠어?"

글로리아가 아무 말 하지 않자 골더가 다시 말했다.

"알겠냐고? 아, 지금 당신 얼굴을 당신이 봐야 하는데! 거짓말조차 하려 들지 않는군!"

"왜?" 앙다문 입술 사이로 힘들게 내는 휘파람 같은 소리로 글로리아가 말했다. "왜? 나는 당신을 속이지 않았어! 사람들은 남편을 속이지… 함께 자는 남자를… 쾌락을 안겨주는 남자를! 하지만 당신은 이미 늙은 환자가 된 지 오래야…. 폐인이지…. 당신은… 당신은 잊고 있지, 세월을 세어보지 않았겠지. 거의 18년이야. 18년 동안 날 한 번도 가까이 하지 않았어…. 그리고 이전에는?"

글로리아가 웃음을 터뜨렸다. "그전에는? 데이비드, 당신 잊어버렸구나…."

별안간 늙은 골더의 얼굴이 시뻘게졌다. 피가 솟구쳐 그의 얼굴은 완전히 자줏빛이 되었고 눈에는 눈물이 고였다.

저 웃음… 그는 글로리아의 웃음소리를 몇 년 동안 듣지 못했다. 필사적으로 탐하려 했지만 헛되이 끝나버렸던 밤들… 그는 예전처럼 중얼거렸다.

"그건 당신 잘못이야. 당신은 나를 한 번도 사랑한 적이 없어…."

글로리아가 더 크게 웃었다.

"사랑? 당신을? 데이비드 골더를? 애당초 당신이 사랑받을 수 있는 인간이기나 해? 당신은 당신 돈을 당신의 조이스에게 주고 싶어하지, 왜냐면 그 애가 당신을 사랑한다고 믿으니까, 그렇지? 하지만 그 애도, 그 애가 사랑하는 건 오로지 당신 돈뿐이야. 어쩌나! 늙은 멍청이! …그리고 조이스? 떠났잖아. 당신의 조이스는… 그 애는 당신을 버렸어. 늙고 병들고 고독한 당신을! …당신의 조이스가! 하지만 기억해봐. 당신이 아파서 죽기 일보 직전이었을 때도 그 애는 춤추고 있었어…. 나는, 적어도 남아 있었는데… 체면이라도 지키려고. 그 애는? 그 애는 당신 장례식날에도 춤출 거야. 이 멍청아! 아, 그래. 그 애는 당신을 사랑하지, 그 애는!"

"상관없어!"

골더는 소리를 지르려 했지만, 형벌을 받는 듯한 목소리는 가래 섞인 숨결로, 목이 졸린 듯한 거친 소리로 간신히 새어나올 뿐이었다.

“상관없다고. 내게 더 말하지 마. 나도 알아, 안다고. 다른 사람들을 위해 돈을 벌고, 그다음엔 죽는 거. 내가 이 더러운 땅에 있는 이유가 바로 그것 때문이지…. 조이, 그 애가 당신처럼 헤프다는 걸 나도 잘 알아, 하지만 그 애는 날 아프게 할 수 없어, 그 애는… 그 애는 나의 일부분이야. 내 딸이고, 내가 세상에서 가진 전부야….”

“당신 딸이라!”

침대 위에 거꾸로 쓰러져 있던 글로리아가 미친 듯 날카로운 웃음소리를 내질렀다.

“당신 딸! 확실해? 당신, 아직 모르나 봐! 그렇게 많은 걸 아는 당신이! …아, 그러니까, 그 애는 당신 딸이 아니야. 알아들어? 그 애는 당신 딸이 아니라고…. 그 애는 호요스 딸이야… 바보 멍청이! 정말 당신은 그 애가 얼마나 호요스를 닮았는지, 얼마나 호요스를 사랑하는지 한 번도 눈치채지 못했지? 사실 그 애는 오래전부터 다 알고 있었어, 맹세해…. 당신이 당신의 조이스를, 당신 딸을 안을 때 우리가 얼마나 비웃었는지 모를 거야!”

갑자기 글로리아가 말을 멈췄다. 골더는 움직이지 않았고 아무 말도 하지 않았다. 그녀는 몸을 숙였다. 그는 두 손으로 얼굴을 감싸 쥐고 있었다.

글로리아가 힘없이 중얼거렸다.

“데이비드… 방금 한 말은 사실이 아니야… 들어봐….”

그러나 골더는 그녀의 말을 듣지 않았다. 그는 수치심에 휩싸여 얼굴을 손으로 누르며 침묵했다. 골더는 글로리아가 일어서는 소리도, 잠시 문턱에 멈춰 서는 소리도 듣지 못했고, 자기를 바라보는 그녀의 모습도 보지 못했다.

마침내 그녀는 가버렸다.

## 20

　얼마 후, 골더는 일어나서 간신히 욕실까지 갔다. 그는 목이 말랐다. 밤에 마시도록 마련된 끓인 물이 담긴 병을 오랫동안 찾았지만, 어디에도 없었다. 그는 욕조의 수도꼭지를 틀고 손과 입을 적셨다. 그리고 천천히 몸을 일으켰다. 그러나 그의 무릎은 오래된 말처럼 휘청거리며 덜덜 떨렸다. 마치 반쯤 죽어 쓰러진 늙은 말이 채찍질을 맞으며 필사적으로 다시 일어나려 하는 것처럼.

　더 거세진 밤바람이 열린 창으로 불어왔다. 그는 무의식적으로 창 쪽으로 다가가 아무것도 보이지 않는데도 눈먼 사람처럼 머리를 내밀고 밖을 바라보았다. 그리고 나서 한기를 느끼고 방으로 돌아왔다.

골더는 깨진 유리 조각을 밟고, 그것을 꾹꾹 누르며 욕설을 내뱉었다. 그러고는 맨발에서 피가 흐르는 걸 멀뚱멀뚱 바라보다가 다시 자리에 누웠다. 몸이 덜덜 떨렸다. 이불을 몸과 얼굴까지 단단히 감고 베개에 머리를 묻었다. 골더는 기진맥진했다. 잠들어야 해… 잊어버려야 해… 내일 생각하자… 내일…. 뭐? 내일? 내가 뭘 할 수 있는데? 할 수 있는 게 하나도 없어. 하나도. 호요스… 저 더러운 개자식… 그리고 조이스. "정말 조이스가 그를 닮았다고!" 갑자기 골더가 절망적으로 소리쳤다. 그러나 곧, 스스로를 억누르듯 입을 닫고, 두 주먹을 부르쥐었다. 글로리아가 이렇게 말했지. "당신은 그 애가 얼마나 호요스를 사랑하는지… 한 번도 눈치채지 못했지? 사실 그 애는 오래전부터 다 알고 있었어…." 그 애는 알고 있었고, 나를 비웃었고, 돈을 얻기 위해 나에게 다가왔던 거야. 천박한 것…. 골더는 말라버린 입술로 고통스럽게 중얼거렸다. "내가 이런 벌을 받을 이유가 뭐란 말인가…."

내가 얼마나 그 애를 사랑했는지, 얼마나 그 애를 자랑스러워했는지 모른다. 그런데 그들은, 그들 모두 나를 얼마나 조롱했던가…. 내 딸이라고, 불쌍한 멍청이! 나는 진정으로 이 땅에서 뭔가를 소유했다고 믿었다…. 내 운명… 평생 몸 바쳐 일한 결과가 이렇게 혼자 남아 빈손으로 아무것도 없이 끝나는 것이었다…. 자식이라! 나는 정말이지 마흔 살에 이미 늙어 있었고 죽은 사람처럼 싸늘한 존재였다! 그건 글로리아의 잘못이다. 그녀는 언제나 나를 미워했고, 경멸했고, 밀쳐냈다. 그녀의 웃음… 그건 내가 못생겼고 아둔했고 서툴렀기 때문이다. 그런데 처음 우리가 가난했을 때 그녀는 아이를 가질까 봐 얼마나 두려워하고 걱정했던가…. "데이비드, 주의해요. 데이비드, 조심해요. 만약 당신이 아이를 갖게 만들면 난 죽어버릴 거야…" 아름다운 사랑의 밤들이었는데! 그리고… 이제야 기억이 난다. 분명히 기억해…. 19년 전의 일이다. 그는 햇수를 헤아렸다. 1907년. 19년 전. 글로리아는 유럽에, 골더는 미국에 있었다. 몇 달 전에 그는 건설업에서 처음으로 돈을, 많은 돈을 벌었다. 그리고 또다시 빈털터리가 됐다. 글로리아는 혼자서 이탈리아 어딘가를 돌아다니고 있었다. 가끔 짧은 전보가 왔다. "돈 부족함." 그는 늘 그녀를 위해 돈을 마련했다. 어떻게? 유대인 남편은 어떻게든 해야 하는 법이다….

서부에 철도 노선을 개설하기 위해 미국 금융인들이 회사를 세웠다. 서부는 초원과 늪지의 끔찍한 땅이었다. 18개월이 지나자 자금은 바닥났고, 동업자들은 뿔뿔이 흩어져 모두 떠났다. 그때 골더가 그 사업을 떠맡았다. 그는 자금을 확보했고, 직접 그곳으로 가서 거기 머물렀다. 일단 억세고 묵직한 손을 사업에 담그기만 하면 그는 쉽게 놓는 법이 없었다. 절대로….

골더는 썩어가는 널빤지로 지어진 막사에서 노동자들처럼 생활했다. 우기였다. 벽에서 물이 방울방울 배어났고, 부실하게 마감된 지붕에서 물이 떨어졌다. 저녁이 되면 늪지의 거대한 모기들이 허공에서 윙윙댔다. 매일같이 사람들이 열병으로 죽어나갔다. 공사를 멈출 수 없었기에, 시신은 저녁이 되어서야 묻혔다. 관들은 온종일 비에 젖어 번들거리는 방수포 아래 놓여 있었고, 방수포는 비바람에 거칠게 펄럭였다.

그리고 바로 그곳에, 어느 날 글로리아가 모피를 두르고 손톱에 매니큐어를 바르고 진흙 속에 하이힐을 푹푹 박으며 불쑥 나타났다.

골더는 글로리아가 어떻게 도착했는지, 어떻게 그의 막사에 들어섰는지, 때가 잔뜩 낀 조그만 창문을 얼마나 힘들게 열었는지 떠올렸다. 밖에서는 개구리들이 시끄럽게 울고 있었다. 짙은 붉은빛 하늘이 늪에 반사되어 거의 갈색으로 보이던 가을 저녁이었다. 아름다운 풍경… 비참한 마을… 썩은 나무 냄새, 진흙 냄새, 물 냄새…. 그는 되풀이해서 말했다. "당신 미쳤어… 여긴 왜 왔어? 이러다 열병에 걸리면 어쩌려고…. 나도 품 안에 여자가 필요하긴 하지만…." "지루했어요, 당신이 보고 싶었어요, 우리는 부부인데 지구 반대편에서 남들처럼 살고 있어요." 잠시 후, 골더가 물었다. "당신 어디서 잘 거야?" 거기에는 좁고 딱딱한 야전 침대 하나밖에 없었다. "당신과 함께, 데이비드…." 그날 밤, 그가 그녀를 원치 않았다는 건 신만이 안다. 그는 피로와 일과 밤샘, 열기로 지쳐 있었다. 그는 불안해하며 잊어버린 그녀의 향기를 들이마셨다. 그는 같은 말을 반복했다. "당신 미쳤어, 당신 미쳤어…." 그때 글로리아는 불타오르는 몸을 그에게 찰싹 붙이며 이를 악물고 증오한다는 듯 속삭였다. "도대체, 당신은 아무것도 못 느껴요? 이제 남자가 아닌 건가? 부끄럽지도 않아요?" 그때 그는 아무것도 눈치채지 못했던 걸까…. 그 자신도 이제 기억하지 못했다…. 때때로 사람들은 눈을 감고 고개를 돌리고 보지 않으려 한다. 그래봤자 무슨 소용인가? 아무것도 할 수 없을 때… 그런 후에 잊어버린다. 그날 밤, 그녀는 잔뜩 포식한 짐승처럼 싫증 난 몸짓으로 그의 품에서 떨어졌다. 그녀는 침대 위에 몸을 던지고 팔짱을 낀 채 거칠게 숨을 쉬며 잠들었다. 마치 악몽을 꾸듯이…. 그는 자리에서 일어났다. 매일 밤 그랬듯 그는 일했다. 석유 램프가 그을음을 내면서 타올랐고 비가 내렸고 창 아래에서는 개구리들이 요란하게 울어댔다.

　며칠 후 그녀는 떠났다. 그해 조이스가 태어났다. 놀랄 일은 아니었다….

　조이… 조이…. 골더는 마치 동물이 울부짖듯 쉬고 메마른 소리로 흐느끼며 어리석게 그 이름을 되풀이해 불렀다. 그는 딸을 사랑했다… 내 귀여운… 내 귀여운 딸…. 나는 딸에게 전부 주었어. 그 애는 나를 조롱했고, 내게 맞섰고, 마치 몸 파는 여자가 자길 사랑하는 늙은이를 애무하고 껴안아주듯이 굴었다…. 그 애는 내가 자기 아버지가 아니라는 사실을 잘 알고 있었다…. 돈, 오직 돈뿐이었다. 조이스가 정말 떠나버린 걸까? 그 애를 안아줄 때면, 그 애가 피하면서 말했다. "오, 아빠, 화장 지워지겠어…." 그 애는 나를 부끄러워한 거야. 내 태도가 천박했고, 내가 둔하고 서투르니까. 잔인한 모욕감에 가슴이 뒤틀렸다. 뜨겁고 무거운 눈물이 천천히 그의 부은 눈에서 뺨을 타고 흘러내렸다. 골더는 떨리는 주먹으로 눈물을 짓눌렀다. 이까짓 일로 울다니, 그 헤픈 애 때문에 울다니, 내가, 데이비드 골더가! '그 애는 떠났어, 그 애는 아프고 혼자가 된 날 버렸어….' 하지만 적어도 이번에는, 그 애는 내 돈을 구경도 못 했어. 그는 강렬하고 잔인한 즐거움을 느끼며 조이스가 돈 한 푼 없이 떠났다는 사실을 떠올렸다. 호요스가 말했었지. "애 뺨을 때렸어야지." 그게 무슨 소용인가? 최고의 복수는 이거야. 그들은 돈이 누구의 것인지를, 그리고 당장 내일이라도 내가 마음만 먹으면 모두 다 굶겨 죽일 수도 있다는 사실을 잊고 있어…. '모두 다'라고 말했지만, 그는 조이스만을 생각했다. 그녀는 이제 아무것도, 단 한 푼도 갖지 못할 것이다. 돈은 안 돼…. 그는 악문 이를 손톱으로 두드려 딱딱 소리를 냈다. 아, 저것들은 내가 어떤 사람인지 잊었군…. 병들고 죽어가는 배신당한 우스꽝스러운 존재가 되어버린 가련한 남자. 하지만 그는 데이비드 골더였다! 런던에서 파리에서 뉴욕에서 사람들이 '데이비드 골더'라고 말하면 그건 냉혹한 유대인 늙은이의 이름이었다. 평생 미움을 받으며 두려움의 대상이 되었고, 자신에게 적의를 품은 자들을 짓밟아온 이름이었다. "개 같은 놈들, 개 같은 놈들." 그가 중얼거렸다. "아, 죽기 전에 내가 보여주겠어…. 글로리아가 말했듯 언젠가 죽어야 한다면…." 골더의 손이 시트 주름 속에서 어찌할 줄 모르고 떨렸다. 그는 절망적인 동정심을 느끼며 열에 들떠 미세하게 떨리는 무거운 손가락들을 바라보았다. "대체 나에게 무슨 짓을 한 거지?" 그는 눈을 감고 증오심에 이를 갈았다. "글로리아." 뱀 뭉치처럼 미끈거리고 차가운 진주… 그리고… 그 헤픈 아이…. "내가 없으면 그 여자들은 뭐야? 아무것도 아니지, 비참해지지. 나는 일했고, 죽였어." 갑자기 골더가 기이한 목소리로 아주 크게 말했다. 그리고 잠시 멈췄다가 천천히 자기 손을 비틀었다. "그래, 나는 시몬 마르쿠스를 죽였어, 나도 잘 알아… 너는 그 사실을 잘 알아, 자." 그는 침울하게 자기 자신에게 중얼거렸다. "그리고 저것들은 내가 계속해서 개처럼 일하다가 쓰러질 거라고 생각하지… 진심으로 그렇게 믿고 있겠지, 맙소사!" 그는 목멘 기침 같은 메마르고 이상한 웃음을 터뜨렸다. "늙은 미친년, 그리고 그…." 그는 이디시어로 낮게 저주를 퍼부었다. "아니, 이 여편네야, 끝났어, 완전히 끝났어… 그래…." 날이 밝았다. 문 뒤에서 소리가 들려왔다. 그는 기계적으로 사람을 불렀다.

"뭔가?"

"전보입니다, 주인님."

"들어와."

하인이 움찔했다.

"주인님, 어디 아프십니까?"

그는 대답하지 않고 전보를 들고 읽었다.

"돈 부족함. 조이스."

"주인님, 답장을 하시겠습니까?" 그를 이상하게 바라보던 하인이 말했다. "전보 배달부가 아직 기다리고 있습니다."

"뭐?" 그는 천천히 말했다. "아니… 답장은 없어."

골더는 도로 자리에 누웠고, 눈을 감은 채 꼼짝하지 않았다. 몇 시간 후 로에베가 와서 그의 모습을 살폈다. 그는 움직이지 않았다. 그는 머리를 젖히고 입술을 벌린 채, 열과 갈증으로 변해버린 안색으로 떨면서 고통스럽게 애쓰며 숨을 쉬고 있었다.

골더는 자리에서 일어나려 하지도, 대답하려 하지도 않았다. 한마디 말도, 한마디 명령도 내리지 않았다. 그는 마치 세상을 떠나버린 듯, 반쯤 죽어 있는 사람처럼 보였다.

로에베가 대출 요청서며 연기 요청서, 지원 요청서를 손에
쥐여줬지만, 무기력하게 축 처진 골더의 손가락은 끝내 서
명하지 못했다. 로에베는 얼이 빠져서 그날 저녁 급히 떠났
다. 그리고 사흘 후, 데이비드 골더의 몰락은 증권시장에서
무심한 급류처럼 수많은 사람들의 운명을 휩쓸며 지나가
버렸다.

# 21

　그날 밤, 조이스와 알렉은 아스캉 근처에서 잤다. 열흘 전 마드리드를 떠난 두 사람은 피레네 산맥을 따라 이곳저곳을 떠돌며 서로의 품에서 벗어날 힘조차 없었다.

　보통은 조이스가 운전했고 그동안 알렉과 질은 햇빛에 반쯤 기절한 채 잠을 잤다. 밤이 되면 차를 멈추고 연인들과 아코디언과 등나무 꽃송이가 가득한 여관 정원에서 저녁을 먹었다. 기름 먹인 종이로 만든 등불이 나뭇가지 사이에서 타오르다가 때때로 갑자기 불꽃이 치솟았다. 황금빛 불꽃이 나뭇잎을 핥고 검은 재가 되어 땅에 떨어졌다. 불안정한 탁자에 팔을 괴고 앉은 두 사람은 차가운 와인을 마시며 서로 애무했다. 머리를 검은 손수건으로 묶은 여자가 그들을 시중들었다. 그러고 나서 그들은 아무 장식 없는 시원한 방으로 올라가 사랑을 나누고 잠들었고, 다음 날이면 떠났다.

그날 저녁, 그들은 아스캉 근처 산길을 달리고 있었다. 석양이 작은 마을의 집들을 분홍빛으로, 설탕 절임 과자 같은 부드러운 분홍빛으로 물들였다. 알렉이 말했다.

"내일 수업이 있어… 레이디 로베나…."

"아." 조이스가 화를 내며 중얼거렸다. "그 여자는 너무 끔찍해. 못생겼고 못됐어…."

"살려면 어쩔 수 없지. 우리가 결혼하면 나는 예쁜 여자랑만 잘 거야, 조이." 그가 웃으며 덧붙였다. 그는 조이스의 가느다란 목덜미에 살며시 손을 얹었다가 꽉 쥐었다. "조이… 정말 너를 원해, 너도 알지. 너만을 원해…."

"그래, 나도 잘 알고 있어." 그녀는 아름답게 칠한 입술을 살짝 내밀며 승리감 어린 표정을 지었다. "알고 있다니까…."

어둠이 펼쳐졌다. 저녁나절의 조용한 작은 구름이 밤 동안 숨어 있을 피레네산맥 골짜기 깊은 곳으로 미끄러지기 시작했다. 조이스는 숙소 입구에 차를 세웠다. 주인이 문을 열어주었다.

"큰 침대가 하나 있는 방을 하나 드릴까요?" 주인은 그들을 보자마자 웃으며 물었다.

나무 바닥에 거대하고 높고 묵직한 침대가 있는 널찍한

방이었다. 조이스는 달려들어 꽃무늬 솜이불 위에 발라당 드러누웠다.

"알렉… 이리 와….."

알렉는 조이스에게 몸을 숙였다.

잠시 후 조이스가 울먹였다.

"모기들 좀… 봐….."

모기들이 천장에서 불 켜진 전등 주위를 빙빙 돌고 있었다. 알렉이 서둘러 불을 껐다. 그들이 껴안고 있는 사이 불쑥 음험하게 밤이 찾아왔다. 창문 아래 해바라기가 피어 있는 좁은 정원에서 별안간 샘물이 흐르는 소리가 들렸다.

"갈증을 식혀줄 백포도주인가?" 알렉이 눈을 반짝이며 말했다. "배고파, 목도 마르고….."

"뭐 먹을 게 있을까?"

"내가 가재랑 와인을 주문했어." 알렉이 말했다. "하지만 나머지는 그냥 메뉴에 있는 걸로 만족해야 할 거야, 자기야. 우리에게 500프랑 남아 있는 거 알아? 열흘 만에 5만 프랑을 썼어. 네 아빠가 한 푼도 안 보내주면….."

"생각할수록 열받아." 조이스는 분하다는 듯 말했다. "그 인간이 날 돈 한 푼 없이 떠나게 내버려뒀다고 생각하면… 절대 용서하지 않을 거야… 그 늙은 피슐이 없었다면….."

"그 늙은 피슐한테서 5만 프랑을 받기 위해 대체 뭘 해줘야 했던 거야?" 애매한 말투로 알렉이 물었다.

조이스는 격하게 소리를 질렀다.

"아무것도! 오, 너에게 맹세해! 아니, 그 추악한 손으로 나를 만질 수 있다는 생각만으로도 토할 것 같아! 정작 늙은 여자들이랑 돈 받고 자는 건 너잖아, 이 더러운 놈아! 레이디 로베나 같은 여자들한테 돈이나 뜯어내면서!"

조이스는 그의 입술을 잇새에 넣고 과일처럼 꽉 깨물었다. 알렉이 비명을 질렀다.

"오, 피가 나잖아! 이 망할 계집애!"

조이스가 어둠 속에서 웃었다.

"자, 가자, 내려가자…."

그들은 정원으로 나갔다. 질이 뒤를 따라갔다. 숙소에 그들 말고 다른 손님은 없는 것 같았다. 아직 밝은 하늘에 노랗고 커다란 달이 나무들 사이에 걸려 있었다. 조이스는 연기가 피어오르는 수프 그릇 뚜껑을 열더니 기쁨의 작은 신음과 함께 향기를 들이마셨다.

"오, 냄새 좋아… 네 접시 이리 줘…."

선 채로 맨팔에 목에 건 진주 목걸이를 급히 뒤로 넘기고 이상한 자세로 음식을 담는 조이스를 바라보며 알렉은 웃음을 터뜨렸다.

"왜 그래?"

"아, 아무것도 아니야… 이상해… 네가 여자처럼 안 느껴져…."

"소녀같다고?" 조이스가 얼굴을 찌푸리며 그의 말을 막았다.

"네가 어렸을 때를 상상할 수가 없어…. 너 혹시 노래하고 춤추면서 눈 화장하고 반지 끼고, 그렇게 세상에 태어난 거 아니야, 안 그래? 빵은 자를 줄 알아? 빵 좀 줘."

"몰라, 그럼 너는?"

"나도 몰라."

종업원이 불려와 황금색 둥근 빵을 가슴에 대고 조각냈다. 조이스는 머리를 뒤로 젖힌 채 무기력하게 맨팔을 뻗으며 멍하니 종업원을 바라보았다. "어렸을 때 나는 무척 아름다웠어… 다들 나를 쓰다듬고 나를 괴롭혔어…."

"다들? 누구?"

"남자들이지. 특히 늙은이들이…."

종업원이 빈 접시를 가져가고, 테린*과 향신료를 많이 넣어 향기롭게 한 뜨거운 국물에 가재가 가득 든 요리를 가지고 돌아왔다. 그들은 왕성한 식욕으로 게걸스럽게 먹어 치웠다. 조이스는 요리에 후추를 더 뿌렸고, 불같이 타는 혓바닥을 쑥 내밀었다. 알렉은 얼음처럼 차가운 와인을 천천히 따랐고 잔이 냉기에 흐려졌다.

"오늘 밤에는 평소처럼 방에서 샴페인 마시자." 반쯤 취

---

* 고기와 생선 등을 차곡차곡 쌓아 굳힌 다음 얇게 썰어 내는 전채요리.

한 조이스가 커다란 가재를 이로 물어뜯으며 속삭였다. "이 집에 어떤 샴페인이 있는지, 볼까? 난 단맛이 없는 클리코* 면 좋겠는데."

조이스는 두 손을 맞잡고 잔을 들어 올렸다.

"봐… 와인 색이 오늘 저녁달 색이랑 똑같네, 완전한 황 금빛이야… 봐봐….”

둘은 잔을 기울이며 함께 마셨다. 와인에 젖은 입술이 포 개졌고, 후추 향이 감돌았지만 여전히 풋과일 같은 달콤한 젊은 맛을 잃지 않았다.

올리브와 고추를 곁들인 닭볶음 요리와 함께 그들은 샹 베르탱** 한 병을 비웠다. 진홍빛 와인이 감미롭고 따뜻하 게 입안에 퍼졌다. 그러고 나서 알렉은 코냑을 주문했다. 그 는 샴페인이 가득 찬 커다란 잔에 코냑을 반씩 따랐다. 조이 스는 그것을 마셨다. 디저트를 먹을 때쯤 조이스는 횡설수 설하기 시작했다. 강아지 질을 무릎 위에 앉히고, 고개를 뒤 로 젖혀 하늘을 쳐다보며 온 힘을 다해 황금빛 짧은 머리카 락을 손으로 잡아당겼다.

"밤새도록 밖에서 자고 싶어… 평생 여기 머물고 싶어… 평생 사랑만 하고 싶어…. 너는?"

---

* 뵈브 클리코. 프랑스 샹파뉴 지방의 유명 샴페인 하우스. 남편을 잃은 클 리코 여사가 부흥시켜 과부(veuve) 클리코라는 이름이 붙었다.

** 부르고뉴 그랑크뤼 와인. 나폴레옹 1세가 좋아했던 와인으로 알려져 있다.

"네 작은 가슴이 정말 좋아." 알렉이 말했다. 그러고는 침묵했다.

알렉은 술 마실 때 말이 없어지곤 했다. 그는 황금색 샴페인에 코냑을 한 방울 한 방울 계속 따랐다. 전원의 평화로운 밤이었다. 휘영청 밝은 달빛이 산속에 넘쳐흘렀고 매미가 울어댔다.

"지금이 낮인 줄 아나 봐." 조이스가 홀린 듯 중얼거렸다. 작은 강아지가 품에서 잠들었고 그녀는 움직이고 싶지 않았다. 조이스가 말했다.

"알렉, 담배 한 개비만 내 입에 물려주고 불붙여줘."

알렉은 더듬거리며 그녀 입술에 담배를 물려주고, 거세게 목덜미를 잡으며 알아듣기 힘든 말을 중얼거렸다.

조이스가 갑자기 꼬았던 다리를 푸는 바람에 잠들었던 작은 강아지는 땅으로 뛰어내렸고, 풀숲에 가서 네 다리를 쭉 뻗고 9월의 향기롭고 축축한 흙을 코로 파고들었다.

알렉이 아주 작은 목소리로 애원했다.

"이리 와, 이리 와, 조이, 사랑을 하자…."

"이리 와, 질." 조이스가 강아지를 불렀다.

질은 눈을 쳐들고 망설이는 것 같았다. 하지만 둘은 술에 취한 채 머리를 맞대고 불안하고 느린 걸음으로 방을 향해 걸음을 옮기며 벌써 어둠 속으로 사라졌다. 질은 사람의 한숨 같은 작은 소리를 내며 몸을 일으켰고, 한 걸음 내디딜 때마다 멈춰서 땅의 냄새를 맡으며 그들을 따라갔다.

방에서 질은 평소처럼 침대를 바라보며 자리를 잡았고, 조이스는 매일 저녁처럼 말하기를 잊지 않았다.

"질, 늙은 호색한 같으니라고, 이건 돈 내고 봐야 하는 거야…."

달이 마룻바닥에 커다란 은빛 웅덩이를 만들었다. 조이스는 천천히 옷을 벗었고 차가운 빛 속에서 반짝이는 진주 목걸이만 건 채 알몸으로 창문 앞에 섰다.

"나 예뻐? 맘에 들어, 알렉?"

"마지막 밤이야." 알렉은 아이처럼 불평하듯 말했다. "이제 돈이 없어, 이제 아무것도 없어…. 돌아가야 해, 헤어져야 해…. 언제까지?"

"맞아, 빌어먹을…."

그날 밤, 처음으로 그들은 본능적으로 서로에게 탐욕스럽게 달려들지 않았다. 사랑을 나눈 뒤 놀다 지친 어린 들짐승처럼 곯아떨어지던 이전과는 달랐다. 그들은 마음이 무거웠고 밝은 달빛 속 꽃무늬 이불 위에 누워 서로 팔베개를 하고 말없이 욕망도 거의 없이 서로를 오래도록 따뜻하게 토닥였다.

그런 후 그들은 추위를 느꼈고, 덧창을 닫고 푸른색과 분홍색의 두툼한 무명천으로 된 블라인드를 쳤다. 밤이 깊어지자 전기는 끊겼고 테이블 한구석에 켜둔 양초가 천장에 그들의 그림자를 춤추게 했다. 아주 멀리서 발굽이 땅을 두드리는 둔한 소리가 들려왔다.

"옆에 농장이 있나 봐." 조이스가 고개를 들자 알렉이 말했다. "짐승들이 꿈을 꾸는 거야…."

잠든 질이 지치고 불행한 듯 크게 한숨을 쉬며 옆으로 돌아누웠다. 조이스가 웃으며 중얼거렸다.

"아빠는 주식에서 돈을 잃으면 꼭 저렇게 한숨을 쉬어…오, 알렉, 네 무릎은 정말 시원해…."

그들의 달라붙은 그림자가 흰색 천장에 엉킨 꽃다발처럼 이상한 무늬를 만들었다.

조이스는 떨리고 아픈 허리를 따라 손을 천천히 미끄러뜨렸다.

"오, 알렉, 나는 사랑이 정말 좋아…."

## 22

　골더는 혼자 파리에 돌아왔다. 비아리츠의 집이 팔리자 글로리아와 조이스는 호요스, 알렉, 마네링 집 사람들과 베링해로 요트 크루즈를 떠났다. 12월이 되어서야 글로리아가 파리로 돌아왔고, 가구를 팔기 위해 골동품상과 함께 곧장 골더 집으로 찾아왔다.

　골더는 음울한 기쁨을 느끼며 청동 스핑크스 장식이 된 테이블이며 사랑의 요정과 화살통, 돔형 천장 덮개가 달린 루이 15세풍 침대가 실려 나가는 것을 바라보았다. 그는 오래전부터 거실의 좁고 딱딱한 작은 접이식 침대에서 잤다. 저녁 무렵 마지막 이삿짐 차들이 떠났을 때 집에는 등나무 의자 몇 개와 흰 나무로 된 식탁만이 남았다. 나무 부스러기와 오래된 신문들이 바닥에 뒹굴었다. 글로리아가 다시 돌아왔다. 늙은 골더는 그대로였다. 그는 검은색 체크무늬 모포를 가슴에 감고 접이식 침대에 반쯤 드러누운 채, 공기와 빛을 가로채던 다마스커스산 물결무늬 커튼이 치워진 커다란 창을 안도감을 느끼며 바라보았다.

글로리아가 쿵쿵거리며 발을 옮길 때마다 텅 빈 마루가 요란하게 삐걱거렸다. 그 소리에 그녀는 깜짝 놀라 몸을 떨었다. 잠시 멈춰 섰다가는 다시 힘들게 발끝으로 걷기 시작했다. 생각과 달리 몸은 좌우로 흔들렸고, 귀에 거슬리는 마루의 탄식은 그치지 않았다.

글로리아는 갑자기 골더와 마주 보며 털썩 앉았다.

"데이비드…."

잠시 그들은 아무 말 없이 냉혹한 눈빛으로 서로를 노려보았다. 글로리아는 웃으려 했지만 의도와는 다르게 신경 쓰지 않을 때면 본능적으로 드러나는 사각턱이 육식동물처럼 앞으로 튀어나왔다. 마침내 그녀는 장갑을 가늘고 길게 말아 쥐고 채찍 휘두르듯 신경질적으로 허공에 후려치며 물었다.

"자, 이제 만족해요? 이제 기분 좋아?"

"그래." 골더가 말했다.

글로리아는 세차게 입술을 앙다물고는 아주 낮은 목소리로 휘파람 소리 같은 이상하고 날카로운 목소리로 소리쳤다.

　“미친놈… 미친 늙은이… 당신은 당신이 없으면, 당신의 가증스러운 돈이 없으면 내가 굶어 죽으리라고 생각했지? 그래, 잘 봐…, 내가 그렇게 비참해 보이나?” 그녀는 갑자기 손목을 치켜들었다. 막 새로 산 팔찌가 손목에서 반짝이며 딸랑거렸다.

　“이건, 당신이 사준 게 아니야, 그렇지? 대체 뭘 바란 거야? 결국 고통받는 건 당신 혼자야, 바보 같으니!” 그녀는 격분해서 의자의 나무 부분을 두드리며 되풀이해 말했다. “이 집에 있던 모든 건 다 내 거야, 내 거라고! 내가 원하는 대로, 원하는 때에 팔겠다는데 당신이 막을 수 있을 것 같아? 날 건드리기만 해봐, 도둑놈! 감옥에 가야 마땅해!” 그녀가 숨을 몰아쉬었다. “그렇게 많은 세월을 함께 살았는데, 나를 돈 한 푼 없이 내팽개치다니! 아니, 대답 좀 해봐, 뭐든 말해보라고.” 그녀가 거칠게 소리쳤다. “솔직히 말해! 날 돈 한 푼 없이 만들려고 일부러 이랬지! 넌 사람들을 파멸시키고, 가난하게 만들고, 결국 네 자신까지 망쳤어. 내게 주느니 차라리 그 더러운 돈 끌어안고 혼자 벽 속에서 썩어 죽겠지. 그래, 그것 때문이지? 맞지? 그거잖아?”

　“흥, 나는 아무 상관 없어.” 골더가 말했다. 그는 눈을 감고 중얼거렸다. “정말 당신과는 상관없어… 당신, 당신의 돈, 그리고 당신과 관계된 모든 게…. 그리고 당신의 돈은, 그건 오래가지 않을 거야, 이 불쌍한 여자야…. 금고를 채워

줄 남편이 없으면, 돈은 금세 새어 나가….” 그는 화내지 않고 무심하게 옷깃을 뺨까지 끌어 올리며 늙은이의 낮고 부드러운 목소리로 말했다. 거리의 얼음처럼 차가운 바람이 헐벗은 창문 틈새로 불어왔다. “그래… 금세 새어 나가지… 당신은 주식에 손댔겠지… 올해는 주식에 손만 대면 폭등한다고 사람들이 그러는데… 하지만 그게 계속될 것 같아? 그리고 호요스는….” 뜻밖에도 골더가 거의 젊은이처럼 웃음을 터뜨렸다. “아, 당신들 삶이 지금부터 1년, 2년 후에 어떻게 될지 보자고, 불쌍한 것들….”

“그럼 당신은? 당신의 생활은? 당신이 한마디로 자기 무덤을 판 거야!”

“그게 내가 원하던 거니까.” 갑자기 골더가 거만하고 사납게 말했다. “그리고 난 언제나 내가 원하던 것을 했어, 이 세상에서….”

그녀는 침묵했고 천천히 장갑을 도로 펼쳤다.

“여기 있을 거예요?”

“모르겠어.”

“당신에게 아직 돈이 남아 있죠, 그렇죠?” 그녀가 속삭였다. “잘 정리해둔 거야?”

그는 고개를 떨궜다.

“그래.” 그가 또다시 조용하게 말했다. “하지만 그걸 가지려고 애쓰지는 마… 그럴 필요 없어… 내가 잘 처리했으니….”

그녀는 턱으로 빈방을 가리키며 비웃었다.

“오, 모두 다 처분해버리니 속이 다 시원하군… 저 스핑크스도, 월계수들도… 나는 아무것도 필요 없어.” 그가 눈을 감으며 지친 표정으로 말했다.

글로리아는 일어서서 여우 모피와 백을 주워 들고 벽난로 거울 앞에서 천천히 분을 바르기 시작했다.

“조이스가 곧 당신을 보러 올 거예요….”

그가 아무 대답을 하지 않자 그녀가 중얼거렸다.

“조이스가 돈이 필요하거든….”

거울 속에서 그녀는 골더의 늙고 냉혹한 얼굴에 스쳐가는 기묘한 표정을 보았다. 그녀는 무심결에 낮고 빠르게 말했다.

“조이스 때문이지, 이 모든 게… 그렇지?”

그녀는 골더의 볼과 손이 갑작스럽게 전율하며 떨리는 것을 분명히 보았다.

“결국 조이스 때문이야? 당신한테 아무것도 하지 않은 그 애 때문에? …우습네.”

그녀는 짐짓 꾸며낸 건조하고 날카로운 웃음을 살짝 지어 보였다.

“정말 웃기네. 당신은 그 애를 그렇게 사랑하는 거야? 세상에, 그 애를 사랑하는구나… 늙은 바보처럼….”

"그만해." 골더가 울부짖었다.

그녀는 두려운 마음을 억누르고 눈썹을 활모양으로 오그리며 중얼거렸다.

"뭐야, 그러다 또 쓰러진다! 내가 병원에 입원이라도 시켜주길 바라는 거야?"

"당신 성격이면 충분히 그러고도 남겠지."

그는 분노와 피로가 섞인 투로 한숨을 쉬었다.

"나가…."

그는 어렵사리 진정된 것 같았다. 그러고는 자기 얼굴에 흐르는 땀을 천천히 닦았다.

"가. 제발."

"그럼… 안녕인가?"

그는 대답 없이 일어서서 옆방으로 갔다. 그는 소리 나게 방문을 닫았고, 그 둔탁한 소리가 오랫동안 빈집에 울렸다. 그녀는 예전에 그들의 싸움이 언제나 그런 식으로 끝났음을 생각했다. 그리고 다시는 그를 보지 않으리라 생각했다. 고독한 생활이 곧 그의 생을 끝장낼 테니까…. '이렇게 끝내려고 그 많은 세월을 함께 살았나? 우리 나이에는… 흔한 일 아닌가… 그가 원한 일이니… 어쩔 수 없지… 얼마나 바보 같은 일이야, 아이참… 정말 바보 같아….'

그녀는 떠났다. 문을 닫고 계단을 천천히 내려갔다.

골더는 혼자 남았다.

## 23

골더는 오랫동안 혼자 지냈다. 적어도 그의 가족은 더 이 상 그를 방해하지 않았다.

매일 아침 의사가 왔다. 의사는 어두운 빈방들을 재빨리 가로질러 골더의 방으로 들어갔다. 밤새 이어진 깊고 거친 숨소리가 여전히 계속되는 늙은 가슴을 진찰했다. 그래도 심장은 나아졌다. 병은 잠잠해졌다. 그리고 늙은 골더 자신 도 마치 깊은 잠에 빠진 듯, 침울한 무감각 상태에 빠져 있 었다. 그는 일어나면서도 가능한 한 힘을 아끼려는 듯, 에너 지의 원천을 최대한 절약하려는 듯, 숨을 몰아쉬며 천천히 옷을 입었다. 그리고 근육의 움직임을 계산하며, 동맥과 심 장이 뛰는 것을 계산하며 아파트를 두 번 돌았다. 그는 음식을 주방 저울을 사용해 직접 그램 단위로 쟀고, 손목시계로 반숙 달걀의 익은 정도를 가늠했다.

예전에 다섯 명의 하인이 넉넉히 움직일 수 있던 거대한 주방에는 이제 모든 일을 담당하는 늙은 하녀 한 명만이 남아, 체념한 듯 피곤한 눈으로 그를 바라보며 화덕 앞에서 식사를 준비했다. 그러는 동안 그는 예전에 런던에서 산 실내복을 입고 양팔로 뒷짐을 지고 왔다 갔다 했다. 제비꽃 색 실내복은 해지고 군데군데 구멍이 나, 그 틈으로 흰 양털 뭉치가 삐죽삐죽 빠져나오고 있었다.

그런 다음 그는 거실의 창 앞에 안락의자와 발받침을 끌고 와서 그곳에 앉아 있었다. 무릎에 쟁반을 걸쳐 그 위에 카드를 펼쳐놓고 온종일 거기 머물렀다. 햇살이 좋을 때면 그는 밖으로 나가서 옆길에 있는 약국까지 가서 몸무게를 재고, 오십 걸음마다 멈춰 서서 숨을 몰아쉬었다. 이제는 왼팔로 지팡이를 붙잡아 의지하며 천천히 집으로 돌아왔다. 목에 두 번 둘러 감은 양모 목도리의 양쪽 자락을 가슴 위에 핀으로 고정한 채.

그리고 날이 저물기 시작할 때쯤이면 수아페라는 늙은 유대인이 카드 게임을 하러 골더를 찾아왔다. 수아페는 골더가 예전에 실레지아에서 알게 되었던 인물인데, 그 후로 만나지 못하다가 몇 달 전에 다시 만나게 되었다. 수아페는 인플레이션으로 파산했다가, 그 후 프랑화에 투기해서 모든 것을 되찾았다. 그러나 그는 여전히 돈을 믿지 않았고, 그의 불안감은 해마다 커졌다. 혁명과 전쟁이 돈을 하루아침에 휴지 조각으로 만들 수 있다는 사실을 뼈저리게 깨달았기 때문이었다. 수아페는 조금씩 자기 재산을 보석으로 바꿨다. 그는 런던의 금고에 다이아몬드와 진귀한 진주, 글로리아도 가져보지 못했던 아름다운 에메랄드를 보관하고 있었다. 게다가 광기에 가까울 정도로 인색했다. 수아페는 파시의 음울한 거리에 가구 딸린 비루한 아파트에 살았다. 그리고 절대 택시를 타지 않았다. 심지어 친구가 택시비를 내겠다고 해도 이렇게 말하곤 했다. "내 형편에 맞지 않는 사치를 습관으로 들이고 싶지 않네." 그는 겨울에도, 비가 내리는 날에도 몇 시간씩 버스를 기다렸다. 이등석이 만원일 때면 한 대 한 대 그냥 지나쳐 보냈다. 구두를 더 오래 신으려고 평생 발끝으로만 걸었다. 몇 년 전부터는 이가 모두 빠졌는데, 틀니 비용을 아끼려고 수프와 으깬 채소만 먹었다.

그의 피부는 마치 가을 낙엽처럼 누렇고 건조하며 투명했다. 그는 마치 오랜 세월을 짊어진 늙은 죄수들에게서 볼 수 있는, 기이하게도 고결하면서도 애처로운 표정을 띠고 있었다. 멋진 백발이 은빛 타래처럼 그의 관자놀이를 덮고 있었다. 다만 깊은 주름 속에 묻혀 잘 보이지 않는 이 빠진 입, 자꾸 가래침을 뱉는 그 입만큼은 혐오와 두려움을 불러

일으켰다.

　매일 골더는 그가 20프랑 정도 따게 두었고 그가 들려주는 다른 사람의 사업 이야기를 들었다. 그는 골더 자신과 상당히 비슷한 어두운 유머 감각을 가지고 있었고, 그것이 둘을 서로 끌어당겼다.

　나중에 수아페는, 그를 증오하고 그가 증오하는 가족들에 의해 파리에서 가장 싼 묘지에 묻혔다. 친구 하나 없이 무덤 위의 화환도 없이 마치 개처럼 외롭게 죽었다. 그렇지만 그는 훌륭한 유대인의 불가해한 운명을 끝까지 완수하며, 결국 가족에게 3천만 프랑이 넘는 재산을 남겨주었다.

　그렇게 매일 5시, 거실 창 앞 흰 나무 탁자에 둘러앉아 제비꽃색 실내복을 걸친 골더와 검은색 여성용 양모 숄을 어깨에 늘어뜨린 수아페는 카드 게임을 했다. 고요한 아파트에 골더의 기침 발작이 둔탁하고 기묘하게 울렸다. 늙은 수아페는 짜증스러운 듯 불평하는 투로 한탄했다.

　그들 옆에는 예전에 골더가 러시아에 주문해서 들여온 뜨거운 차가 은제 굽이 달린 큰 찻잔에 담겨 있었다. 수아페는 게임을 멈추고 카드를 탁자 위에 내려놓고는 무심코 손바닥으로 카드를 감추며 차를 한 모금 마시고 이렇게 말했다.

　"설탕값이 또 오를 거라는 사실 알고 있소? 그리고 랄르망 은행이 프랑스–알제리 광산 회사에 자금을 댈 거라는 사실 알고 있소?"

그러면 골더는 마치 재 속에서 잠시 타올랐다가 다시 꺼지는 불꽃처럼 강렬하고 불타는 눈빛으로 불쑥 고개를 들었다.

"그건 나쁜 사업이 될 리 없겠군."

"단 하나 확실한 사업이 있다면, 자기 돈을 손에 쥐고 믿을 만한 자산으로 바꾸는 것이오. 그런 게 아직 남아 있다면 말이지. 그리고 그 위에 떡하니 버티고 앉아서 늙은 암탉처럼 품고 있는 거요…. 당신 차례요, 골더…."

그들은 다시 카드를 쥐었다.

## 24


"아니, 당신 들었소?" 수아페가 들어서며 말했다. "이번엔 또 무슨 기막힌 짓을 해낼지 모르겠군!"

"누구 이야기요?"

수아페는 주먹으로 창문을 가리키며, 마치 파리 전체를 싸잡아 비난하듯 손짓했다.

"엊그제는 소득세였소." 그가 날카롭고 신경질적인 목소리로 말을 이었다. "내일은 임대료로군. 일주일 전에 가스 요금이 43프랑이나 나왔소. 그리고 내 마누라가 새 모자를 샀다오. 72프랑! 뒤집어진 냄비 같은 걸! 나는 오래가는 것, 제대로 된 것에 돈 쓰는 건 상관없소. 하지만 저건? 두 시즌도 못 버틴다니까! 게다가 그 나이에! 차라리 수의를 사는 게 더 낫지! 그거라면 기꺼이 돈을 냈을 거요! 72프랑이라니! 내가 어릴 땐 그 돈이면 곰 가죽 외투 한 벌을 살 수 있었소! 아, 맙소사! 내 아들이 결혼하겠다고 하면, 그냥 내 손으로 목을 졸라버릴 거요! 그게 차라리 그 아이한테 나을 거요, 불쌍한 녀석! 당신이나 나처럼 평생 돈을 퍼주느니 말이오! 그리고 오늘까지 내 신분증을 갱신하러 가지 않으면 강제 추방당한다더군! 이런 불쌍한 늙은이가 병든 몸으로 대체 어디로 간단 말이오?”

“독일.”

그가 중얼거렸다.

“아, 그래, 독일… 염병할 독일! 내가 예전에 독일에서 군수품 납품 건으로 꽤 큰일을 겪은 적이 있었는데, 알고 있었소? 아니, 몰랐다고?… 자, 나는 가야겠소. 네 시에 관공서가 닫는다니까…. 그런데 이 재미있는 일에 얼마가 드는지 아시오? 300프랑, 내 친구 골더, 300프랑이라네! 그리고 추가 비용까지! 게다가 쓸데없이 허비하는 시간은 또 어떻고, 당신이 내게 따게 해주는 20프랑도 날리는 셈이오! 카드 한 판 할 시간도 없이! 아, 맙소사! 그런데 당신, 나랑 같이 갈 생각 없소? 기분 전환도 될 거고 날씨도 좋은데.”

“내가 택시비를 내기를 원하는 거요?” 기침 발작처럼 갑작스럽고 거칠게 웃으며 골더가 물었다.

“이런.” 수아페가 말했다. “난 그저 전차 값만 바랐는데… 나쁜 습관을 들이지 않으려고 내가 절대 택시를 타지 않는다는 건 당신도 알잖소…. 하지만 오늘은 내 늙은 다리가 납처럼 무겁구려…. 혹시 당신 돈을 창밖으로 내던지고 싶다면야….”

그들은 각자 지팡이에 의지해 함께 외출했다. 과묵한 골더는 수아페가 들려주는, 얼마 전 사기 파산으로 끝난 설탕 투기 사건 이야기를 경청했다. 관련된 금액과 연루된 주주들의 이름을 늘어놓으며 수아페는 매우 기쁜 표정으로 떨리는 손을 비벼댔다.

경찰청을 나오면서 골더는 걷고 싶었다. 아직 환했다. 겨울의 마지막 붉은 햇빛이 센 강을 비추고 있었다. 그들은 다리를 건너 되는대로 시청 뒤의 거리로 올라갔다가 비에이뒤탕플 가 어딘가로 접어들었다.

갑자기 수아페가 걸음을 멈췄다.

“우리 어디에 있는지 당신은 아시오?”

“모르오.” 골더가 무관심하게 말했다.

“이보게, 여기 옆은 로지에 거리요. 작은 유대 식당이 있소. 파리에서 속을 채운 강꼬치 요리를 제대로 할 줄 아는 유일한 식당이지. 나와 함께 식사하러 갑시다.”

“당신은 내가 강꼬치를 먹으리라 생각하는 건 아니지요?” 골더가 투덜댔다. “6개월 전부터 나는 생선도 고기도 입에 대지 않았소.”

"누구도 당신더러 그걸 먹으라고 하지 않소. 당신은 그저 가서 돈만 내시오. 됐소?"

"귀신에게나 잡혀가시오."

그렇지만 골더는 먼지 냄새, 생선 냄새, 썩은 짚 냄새를 풍기는 어두운 구멍가게들의 냄새를 들이쉬며 힘들게 길을 올라가는 수아페의 뒤를 따라갔다. 마침내 그가 뒤돌아서 골더의 팔의 잡았다.

"이 지저분한 유대인 거리 좀 보시오, 어때요?" 그가 다정하게 말했다. "뭐가 떠오르시오?"

"좋은 기억은 하나도 없소." 골더가 침울하게 말했다.

그는 걸음을 멈추고 말없이 고개를 들고는 잠시 집들과 창문에 널린 빨래들을 둘러보았다. 아이들이 그의 다리 사이로 끼어들었다. 그는 지팡이로 가만히 그들을 떼어놓고 한숨을 쉬었다. 상점에서는 헌 옷이나 생선, 황금빛 청어, 소금물통 같은 것만 팔았다. 수아페는 히브리어로 적힌 간판이 달린 작은 식당을 가리켰다.

"여기요. 자, 들어갑시다. 골더! 불쌍한 늙은이에게 저녁 한 끼 사주며 기분 좀 맞춰주지 않겠소?"

"아, 제기랄, 지옥에 가시오." 골더가 다시 말했다. 그렇지만 그는 또다시 수아페를 따라갔다. "거기나 여기나 다를 게 있나?" 그는 평소보다 더 피곤하게 느껴졌다.

작은 식당은 상당히 깨끗해 보였다. 테이블에는 염색한

종이 냅킨이 놓여 있고, 구석에는 반짝이는 구리 주전자가 있었다. 손님은 한 명도 없었다.

수아페는 속을 채운 강꼬치 요리와 서양고추냉이를 주문했다. 그는 데워진 접시를 조심스럽게 잡아서 그의 얼굴 높이까지 들어 올렸다.

"냄새가 끝내주는군!"

"오, 제발 드시오. 그리고 날 좀 가만히 놔두시오." 골더가 중얼거렸다.

그는 몸을 돌려 흰색과 빨간색 체크무늬의 면 커튼 한쪽을 들어 올렸다. 밖에 두 남자가 창문에 기대서서 이야기를 나누고 있었다. 그들의 말은 들리지 않았지만 골더는 그들의 손짓과 동작만으로 내용을 짐작했다. 그중 한 명은 폴란드인이었는데 닳아서 해지고 다갈색이 된 귀덮개가 달린 보기 드문 털모자를 쓰고 있었다. 그는 손가락으로 곱슬곱슬한 무성한 회색 수염을 참을성 없이 빗고 땋고 꼬고 다시 풀어헤치는 동작을 순식간에 수백 번씩 반복하고 있었다. 다른 쪽은 붉은 머리털이 불꽃처럼 사방으로 삐친 어린 소년이었다.

'저들은 무엇을 팔까?' 골더는 생각했다. '나 때처럼 건초나 고철을 팔려나?'

그는 반쯤 눈을 감았다. 밤이 시작되면서 으르렁거리고 삐걱대는 수레의 굉음이 비에이뒤탕플 거리의 자동차 소음을 덮어버렸다. 어둠이 내려앉으며 집들의 높이를 가려버리자, 그는 마치 꿈속에서, 친숙하지만 꿈에 의해 변형되고 왜곡된 환영을 보는 듯한 기분으로 자신의 고향에 돌아와 있는 듯한 느낌을 받았다.

'이런 꿈도 있군.' 그는 어렴풋이 생각했다. '몇 년 전에 죽은 사람들을 다시 마주치는 그런 꿈….'

"뭘 보고 있소?" 수아페가 물었다. 그는 생선과 으깬 감자가 남아 있는 접시를 밀어냈다. "아, 늙는다는 게 이런 것이오…. 예전 같으면 저런 걸 세 접시는 먹어치웠을 텐데…. 아, 이놈의 이! 나는 씹지 않고 삼킨다오…. 여기가 타들어 간다니까…." 그는 자기 가슴을 가리켰다.

"무슨 생각을 하시오?"

수아페는 하던 말을 멈추고 골더가 바라보는 곳으로 시선을 돌리더니 고개를 끄덕였다.

"오이*!" 갑자기 수아페는 특유의 한탄 섞이면서도 비꼬는 듯한 어조로 말했다. "오이, 하느님 맙소사! 당신은 저들이 우리보다 더 행복하다고 생각하지 않소? 더럽고 가난하지만, 유대인에게 뭐가 그렇게 많이 필요하겠소?… 소금물이 청어를 썩지 않게 하듯이, 가난은 유대인을 유대인으로 만든다오. 여기에 더 자주 오고 싶소. 멀지만 않았어도 그리

---

* 이디시어 감탄사. 한탄이나 놀람, 피로, 짜증과 같은 감정을 표현한다. 우리나라의 '아이고'와 비슷하다.

고 특히 너무 비싸지만 않았어도. 이젠 어디든 다 비싸지 않소. 그럼 내가 매일 저녁 여기 와서 조용히 밥을 먹을 텐데. 그놈의 집구석, 지긋지긋한 가족들 없이. 제기랄, 다 숨이라도 막혀서 죽어버렸으면 좋겠소…”

“가끔 이곳에 와야겠소.” 골더가 중얼거렸다.

그는 방금 불을 붙여서 묵직한 열기를 뿜어내며 윙윙거리는 구석의 난로 쪽으로 손을 뻗었다.

‘집에서였다면 이런 냄새만 맡아도 숨이 막혀버렸을 텐데…’ 그는 속으로 생각했다.

하지만 이상하게도 기분이 나쁘지 않았다. 처음으로 경험하는 동물적인 온기가 그의 늙은 뼛속 깊이 스며드는 듯했다.

밖에서는 한 남자가 끝에 불이 붙은 긴 막대를 들고 지나갔다. 그리고 작은 식당 맞은편의 가스등 꼭지를 건드렸다. 순간 빛이 튀어나오며, 좁고 어두운 창을 환하게 밝혔다. 그 창문에는 낡은 화분 위로 빨래가 널려 있었다. 골더는 불쑥 자신이 태어났던 상점 맞은편, 이렇게 비스듬히 나 있던 작은 천창을 떠올렸다. 그리고 그가 꿈에서 가끔 보곤 했던 눈보라 속 그 거리도 함께 떠올랐다.

“참 멀리도 왔군.” 골더가 큰 소리로 말했다.

“그렇소.” 늙은 수아페가 말했다. “길고 고되고 아무 의미도 없었지.”

두 사람은 고개를 들어 한숨을 쉬며, 초라한 창문과 유리를 두드리는 낡은 옷가지들을 오래도록 바라보았다. 한 여자가 창문을 반쯤 열고 밖으로 몸을 내밀고는 빨래를 걷어서 털고 있었다. 그러고는 얼굴을 앞으로 내밀더니 주머니에서 작은 거울을 꺼내 가로등 불빛에 의지해 입술에 루주를 발랐다.

골더가 갑자기 자리에서 벌떡 일어났다.

"갑시다, 돌아갑시다…. 이 역한 석유 냄새 때문에 속이 울렁거리오…."

## 25

밤에 그는 꿈에서 조이스를 보았다. 로지에 거리의 가련한 유대인의 모습과 조이스의 모습이 뒤섞여 있었다. 오랜만에 꾸는 꿈이었다. 조이스의 기억은 그의 내면 깊이 불행처럼 잠들어 있었다.

그는 몇 킬로미터를 걸은 사람처럼 기진맥진해서 다리까지 떨면서 깨어났다. 온종일 카드도 팽개치고 모포와 숄을 두른 채 창가에 앉아 있었다. 뼛속까지 파고드는 얼음 같은 한기에 그는 온몸을 떨었다.

나중에 수아페가 왔지만 그 역시 몸이 좋지 않고 우울한 듯 거의 말을 하지 않았다. 수아페는 평소보다 일찍 떠났다. 우산을 꽉 끌어안고 서둘러 어두운 거리를 걸어갔다.

골더는 저녁을 먹었다. 하녀가 위층으로 올라가자 집을 한 바퀴 돌며 문에 빗장을 질렀다. 샹들리에는 글로리아가 치워버렸고 방마다 전구 하나가 전선 끝에 매달려 바람결에 흔들리고 있었다. 벽난로 위 거울 속에 비친 것은 맨발에 손에 열쇠 꾸러미를 든, 덥수룩한 흰머리와 창백한 얼굴에 심장병 환자 특유의 눈밑 그늘이 날로 깊어지는 늙은 골더의 모습이었다.

초인종이 울렸다. 문을 열기 전에 골더는 놀라서 시계를 확인했다. 석간신문은 배달된 지 오래였다. 그는 수아페에게 무슨 변고가 일어나 골더에게 의사를 부를 비용을 대신 내달라고 되돌아온 게 아닐까 생각했다.

그는 문을 사이에 두고 물었다.

"수아페요? 누구요?"

"튀빙겐이오." 목소리가 대답했다.

뜻밖이라는 듯 얼굴이 굳어진 골더가 문의 방범 사슬을 풀었다. 그의 손은 서툴렀고 움직임은 굼떠서 스스로도 짜증이 났지만 튀빙겐은 아무 말 없이 기다렸다. 골더는 그가 그렇게 몇 시간이고 기다릴 수 있다는 걸 알고 있었다. '변한 게 없군.' 골더는 그렇게 생각했다.

마침내 그가 빗장을 풀었다. 튀빙겐이 들어왔다.

"헬로." 그가 말했다.

그는 모자와 외투를 벗어 조심스럽게 걸었고 젖은 우산

을 펼쳐서 구석에 놓아두고 골더와 악수했다.

그의 길쭉한 얼굴은 이마가 지나치게 크고 밝아 보이는 이상한 형태였다. 창백한 얼굴에 굳게 다문 입술, 절제된 인상이었다.

"들어가도 되오?" 그가 거실을 가리키며 물었다.

"그래, 들어오시오….."

골더는 그가 가구 없이 휑한 방들을 한번 흘깃하고 뜻밖의 광경을 목격한 사람처럼 무심결에 시선을 내리는 것을 보았다.

골더가 말했다.

"아내는 떠났소."

"비아리츠로?"

"모르오."

"아." 튀빙겐이 중얼거렸다.

튀빙겐이 자리에 앉자 골더는 힘들게 숨을 내쉬며 그의 맞은편에 앉았다.

"사업은 어떻소?" 이윽고 골더가 물었다.

"늘 그렇지. 어떤 건 잘 되고 어떤 건 안 되고. 암룸이 러시아와 계약한 건 알고 있소?"

"뭐라고? 티스크 계약을?" 마치 지나가는 그림자를 잡으려는 듯 골더가 손을 앞으로 갑자기 내밀며 말했다. 그러고는 곧 손을 내리고 어깨를 으쓱했다.

"몰랐소." 그가 한숨을 쉬며 대답했다.

"티스크와는 무관하오. 10만 톤의 러시아 석유를 매년 콘스탄티노플, 포트사이드 그리고 콜롬보 항구로 수출하는 계약이오. 계약 기간은 5년."

"하지만… 티스크는 어쩌고?" 골더가 희미한 목소리로 물었다.

"아무것도."

"아."

"암룸이 모스크바에 두 차례 사절단을 보냈다고 알고 있소. 아무 성과도 없었지만."

"왜?"

"아, 왜냐고? 아마 소비에트가 미국에게 2천 300만 루블의 대출을 원했고, 암룸은 상원의원 한 명이 포함된 세 명의 정부 인사를 매수해야 했기 때문일 거요. 지나쳤지. 영수증이 도난당한 것도 문제였고. 그로 인해 언론의 비난을 받은 거요."

"아, 그런가요?"

"그렇소."

튀빙겐이 고개를 끄덕였다.

"암룸은 우리 페르시아 유전 때문에 손해를 본 거요, 골더."

"협상을 다시 시작했소?"

"당연하지. 즉시 움직였소. 나는 캅카스를 통째로 손에 넣고 싶었소. 정유 독점권을 쥐고 전 세계에서 유일한 러시아산 석유제품 공급자가 되기를 바랐소.”

골더가 희미하게 웃었다.

“그거야말로 지나쳤소. 당신 말마따나 그들은 외국인이 경제적, 정치적으로 지나치게 거대해지는 것을 좋아하지 않소.”

“멍청한 놈들. 그들의 정치 따위에는 관심 없소. 자기 땅에서야 누구나 자유롭지. 하지만 내가 캅카스에 직접 들어갔다면, 그들이 내 일에 지나치게 끼어드는 일은 없었을 것이오… 그것만은 장담하오.”

골더가 마치 꿈을 꾸듯 중얼거렸다.

“나라면… 티스크와 아론지스부터 시작했을 거요. 그러고 나서 조금씩, 차차….” 그는 재빠르게 허공에서 손을 폈다 쥐었다 하는 동작을 했다. “싹 쓸어 담았겠지… 전부… 캅카스 전체를, 석유 전체를….”

“그래서 내가 여기 온 거요. 당신에게 다시 이 사업을 맡아달라고 제안하려고.”

골더는 어깨를 으쓱했다.

“아니. 난 이제 상관없소. 나는 병들었고… 반쯤 죽은 목숨이오.”

“티스크 주식은 가지고 있소?”

“그렇긴 하오.” 골더가 망설이며 말했다. “왜인지는 모르겠지만… 그게 무슨 가치가 있다고… 떨이로 넘겨야 할 지경인데…."

"물론 그렇소. 만일 암룸이 그 권리를 따낸다면, 젠장! 그건 아무런 가치도 없을 거요… 하지만 만약 그게 내 손에 들어온다면…."

튀빙겐은 입을 다물었다. 골더가 고개를 저었다.

"아니." 그는 고통스러운 표정으로 이를 악물며 말했다. "그럴 수 없소."

"왜? 나는 당신이 필요하오. 당신도 내가 필요하잖소."

"알고 있소. 하지만 이제 나는 더 일하고 싶지 않소. 할 수도 없고. 나는 병들었소. 심장이…. 내가 사업에서 손을 떼지 않으면 죽게 되리라는 걸 알고 있소. 대체 무슨 소용이 있겠소? 이 나이에 더 이상 바랄 것도 없소. 그저 살고 싶을 뿐."

튀빙겐이 고개를 끄덕였다.

"내 나이 올해 일흔여섯이오. 앞으로 20년, 25년 후 티스크의 모든 유정이 뿜어져 나올 때쯤이면 나는 이미 오래전에 땅에 묻혀 있을 거요. 나는 가끔 그런 생각을 한다오…. 99년 짜리 계약서에 서명할 때마다 말이오… 아, 그때쯤이면 나뿐 아니라 내 아들, 내 손자들과 그들의 아이들까지 모두 주님의 품에서 쉬고 있을 거요. 하지만 언제나 또 다른 튀빙겐이 있을 것이오. 나는 자손을 위해 일하는 것이오."

"나는." 골더가 말했다. "나는 아무도 없소. 그러니 무슨 소용이 있겠소?"

"당신도 나처럼 자식들이 있지 않소?"

"나는 아무도 없소." 골더가 힘주어 반복했다.

튀빙겐은 눈을 감았다.

"하지만 남는 것이 있소. 우리가 만들어낸 것."

그는 천천히 눈을 뜨고 마치 골더를 넘어 먼 곳을 바라보는 것 같았다.

"남는 것…."

그는 감정이 북받친 듯, 마음속 가장 깊고 은밀한 애정을 이야기하는 사람처럼 깊고 낮은 목소리로 반복해 말했다.

"쌓아 올린 것… 만들어낸 것… 영원한 것…."

"내게는, 뭐가 남지? 돈? 그까짓 것, 아무 의미도 없소…. 그걸 무덤에 가져갈 수 있다면 모를까."

"주신 이도 여호와시오, 거두신 이도 여호와시니, 여호와의 이름이 찬송을 받으실지니이다." 튀빙겐은 어려서부터 성경을 공부해온 원칙주의자 특유의 단조롭고 빠른 말투로 낮게 읊조렸다. "그것이 율법이오. 거기에 대해서는 우리가 할 수 있는 것이 없소."

골더가 깊은 한숨을 내쉬었다.

"없지. 아무것도."

# 26

"나예요." 조이스가 말했다.

그녀가 손이 닿을 만큼 다가왔지만 골더는 미동도 하지 않았다.

"나를 이제 못 알아보는 거예요?"

그녀는 예전처럼 느닷없이 소리를 질렀다.

"아빠!"

그제야 골더는 움찔하며 너무 강한 빛에 눈이 부신 것처럼 눈을 감았다. 그는 손을 뻗었으나 힘없이, 겨우 그녀의 손을 스칠 뿐이었다. 그러고는 다시 손을 내려뜨렸다. 아무 말도 하지 않은 채.

조이스는 골더의 안락의자 발치에 의자를 끌고 와서 앉

고는, 모자를 벗고 그가 익히 알고 있는 몸짓으로 세차게 머리를 흔들었다. 그러고는 가만히 웅크리고 앉아 아무 말도 하지 않았다.

"너 변했구나." 골더가 무심결에 중얼거렸다.

그녀는 비웃었다.

"네."

조이스는 전보다 키가 컸고 수척해졌으며, 어딘지 닳아버린 듯 지치고 혼란스러우며 피곤한 기운을 풍겼다.

그녀는 입고 있던 화려한 검은담비 외투를 등 뒤 바닥에 거칠게 던졌다. 그러자 목선이 드러났고, 골더가 그녀에게 주었던 진주 목걸이 대신 풀 같은 초록색의, 너무나도 투명하고 거대한 에메랄드 목걸이가 드러났다. 골더는 상황을 이해하지 못한 채 잠시 아무 말 없이 그것을 뚫어지게 쳐다보았다. 그는 매정하게 웃었다.

"아 그래, 그렇구나…. 너도 네가 알아서 해결했구나…. 그런데 여긴 왜 왔니? 이해가 안 된다…."

조이스가 단조로운 목소리로 중얼거렸다.

"이건 약혼자에게 받은 선물이에요. 곧 결혼해요."

"아!" 그는 힘겹게 말을 이었다. "축하한다…."

조이스는 아무 대답도 하지 않았다.

골더는 곰곰 생각했고, 여러 번 이마를 훔치며 한숨을 쉬었다.

　　“자, 바라건대….” 그가 말을 잠시 끊었다. “그 사람은 부자인 모양이로구나? 그럼, 넌 행복하겠지….”

　　“행복?” 그녀는 절망적으로 웃으며 골더를 보았다.

　　“행복하다고요? 아빠는 내가 누구와 결혼하는지 알기나 해요? 그 늙은 피슐이에요.” 아무것도 묻지 않는 그에게 조이스가 내뱉듯 말했다.

　　“피슐!”

　　“그래요, 피슐! 내가 뭘 어쩌겠어요? 난, 더는 돈이 없는데, 그렇지 않아요? 엄마는 나한테 한 푼도 안 줘요. 아빠도 알잖아요. 내게 한 푼이라도 주느니 내가 굶어 죽는 꼴을 볼 사람이 엄마라는 걸. 그렇죠? 엄마가 어떤 사람인지 알죠? 그러니 내가 어쩌겠어요? 나랑 결혼해주겠다고 한 것만도 다행이죠… 그렇지 않았더라면 그냥 그와 자는 수밖에 없었을 거예요. 안 그래요? 하긴 그러는 편이 더 나았을지도, 아니 더 쉬웠을지도 모르죠… 가끔씩 어쩌다 한 번씩 하룻밤만… 그런데 그 사람이 그걸 원하지 않더라고요. 아시겠어요? 그 늙은 돼지는 본전을 찾고 싶은 거예요!” 증오심에 조이스의 목소리가 떨렸다. “아! 정말… 나는 그를….” 그녀는 말을 멈추고는 넋 나간 표정으로 머리를 쥐어뜯었다.

　　“…죽여버리고 싶어.” 결국 그녀가 천천히 말했다.

　　골더는 고통스럽게 웃었다.

　　“왜 그러냐? 오히려 잘된 일이지, 정말 멋진 일이야! 피슐이라니! 감옥에 가 있지만 않으면, 돈도 많잖아! 그리고 너는 그 귀여운 녀석이랑 바람을 피우겠지…. 그 녀석 이름이 뭐였더라? 넌 무척 행복할 거야, 어떠니! 그래, 그래…. 너는 결국 이렇게 되는구나. 네 얼굴에 다 쓰여 있었거든…. 그래도, 그래도 말이다. 조이스… 내가 바라던 건 이런 게 아니었단다. 조이스….”

그는 더욱 창백해졌고 열에 들떠 생각했다.

‘이게 나와 무슨 상관이 있습니까, 주님? 이게 나와 무슨 상관입니까? 조이스가 누구와 자든, 어디로 가든….’

그러나 그의 자존심 강한 심장은 예전처럼 쓰라리게 아파왔다.

“내 딸… 아무리 그래도 골더의 딸인데… 피슐이라니!”

“아빠, 난 너무 불행해….”

“너는 너무 많은 것을 원하는구나. 돈과 사랑, 둘 다 가질 순 없어… 그런데 넌 이미 선택했잖니. 그렇지?”

그는 고통스럽게 얼굴을 일그러뜨렸다.

“누구도 네게 강요하지 않아. 그렇지 않니? 그런데 왜 우는 거니? 이건 네가 선택한 길이야.”

“아, 이게 다 아빠 때문이에요. 다 아빠 잘못이야!… 돈, 돈, 돈… 하지만 아빠, 난 다른 식으로는 살 수 없어. 날더러 어쩌라는 거예요? 나도 노력했어요. 정말로…. 아빠가 겨울에 나를 봤다면… 얼마나 추웠는지 아세요? 그런 추위는 처

음이었어…. 나는 가을에 입던 작은 회색 코트를 입고 뛰어
다녔어요…. 아빠가 떠나기 전에 내가 마지막으로 산 옷이
었지…. 아, 그래도 나는 아름다웠는데… 하지만 못 해요,
난 못 해요. 나한테 그런 삶은 안 맞아. 난 그렇게 살 수 없
어! 그건 내 잘못이 아니에요! 그래서… 빚, 걱정, 온갖 문
제들… 결국 이렇게 될 수밖에 없었어요. 그렇지 않아요?
그 사람이든 다른 사람이든…. 하지만 알렉, 알렉은! 내가
바람을 피울 거라고요? 당연하죠! 하지만 피슐이 나를 그토
록 편히 내버려둘 거라고 생각한다면 오산이에요! …아! 아
빠는 그 사람을 몰라! 뭔가를 위해 돈을 낸 이상 그는 놓치
는 법이 없거든요. 절대! 그 늙은이, 더러운 늙은이! 아, 정
말 죽고 싶어. 난 너무 불행해. 너무 외로워! 너무 괴로워!
도와줘요. 아빠, 내겐 아빠밖에 없어요!” 그녀는 골더의 손
을 붙잡고는 마구 비틀었다. “대답해봐요, 말해봐요. 무슨
말이라도! 아니면 여기서 나가자마자 죽어버릴 거야! 아빠,
마르쿠스 아저씨 기억나요? 사람들이 말하기를, 마르쿠스
아저씨가 아빠 때문에 죽었다고…. 이제 내 죽음도 아빠 가
슴에 남게 되겠지. 내 말 알아들어요?” 갑자기 조이스가 아
이처럼 떨리는 소리로 크게 울부짖었고, 그 소리가 빈방에
기이하게 울려 퍼졌다.

골더는 이를 악물었다.

“나를 겁주려는 거냐? 나를 바보 취급하지 말아라! 그

리고 이제 나는 돈도 없어. 그러니 날 내버려둬. 넌 내게 아무것도 아니야. 너도 잘 알고 있잖아…. 이미 알고 있었잖아…. 넌 내 딸이 아니야…. 알잖아… 네가 호요스의 딸이라는 사실을. 그러니 그에게 가라…. 그놈이 너를 보호해주고 너를 보살피고 너를 위해 일해주겠지…. 이제 그놈 차례야…. 나는 너를 위해서 할 만큼 했다…. 이제 더는 나와 상관없어. 아무 상관 없어. 가버려. 당장 가버려!"

"호요스? 정말이에요? 확실해요? 오, 아빠, 아빠는 모르죠! 나 호요스 아저씨 집에서 알렉을 만나… 그리고 그 사람 앞에서 우리는…." 조이스는 두 손으로 자기 얼굴을 감쌌다. 골더는 그녀의 손가락 사이로 흐르는 눈물을 보았다.

조이스가 절망적으로 다시 소리쳤다.

"아빠! 그래도 내게는 아빠밖에 없어요. 이 세상에 다른 누구도 없어요! 아빠가 내 아빠가 아닌 건 나하고는 아무 상관 없어요. 정말이지… 아빠밖에 없다니까! 도와줘요. 제발… 나는 너무나 행복해지고 싶어요. 나는 아직 젊어요. 나는 살고 싶어요. 난 정말 행복해지고 싶다고요!"

"너만 그런 게 아니야. 불쌍한 것…. 날 내버려두렴. 그냥 좀 내버려둬…."

골더는 조이스를 밀어내면서도 동시에 끌어당기는 듯한 손짓을 했다. 갑자기 그는 몸을 떨더니 그녀의 목덜미와 향수를 뿌린 짧은 황금색 머리카락을 미끄러지듯 쓰다듬었다. 그래, 한 번만 더 이 낯선 살결을 만져보자… 손바닥에 닿는, 예전처럼 생명이 응집된 작고 약한 심장의 고동을 느껴보자…. 그리고….

그는 가슴이 미어지는 것을 느끼며 나지막하게 말했다.

"아, 조이스. 너는 왜 온 거니? 나는 이제야 평화롭게 지내기 시작했는데…."

"세상에! 내가 어디로 가야겠어요?" 그녀는 초조하게 손을 비틀었다. "아! 아빠가 마음을 바꿔준다면, 제발, 조금이라도!"

골더는 어깨를 으쓱했다.

"뭐? 네가 원하는 게 뭐냐? 네 알렉을 평생 책임져주길 바라는 거냐? 돈과 보석까지 주면서, 어릴 적에 장난감을 사주듯이? 하지만 난 이제 못 해. 너무 비싸. 네 엄마가 나한테 아직 돈이 있다고 하더냐?"

"네."

"잘 봐. 내가 어떻게 살고 있는지. 나한테 남은 건 그저 마지막까지 살아갈 만큼의 돈뿐이야. 하지만 너라면? 그 돈도 1년이면 다 써버리겠지."

"하지만 왜죠?" 조이스는 절망적으로 애원했다. "예전처럼 해주세요. 사업을 해요. 돈을 벌어요… 아빠에겐 너무 쉬운 일이잖아요…."

"아! 네 눈엔 그렇게 보이겠지!"

다시 한 번 그는 조심스럽고 다정하게 조이스의 가느다란 금빛 머리칼을 만졌다. 불쌍한 조이스….

‘이상하군.’ 그는 고통스럽게 생각했다. ‘나는 이 일이 어떻게 끝날지 너무도 잘 알고 있어…. 두 달도 안 돼서 조이스는 알렉과 잘 거야…. 아니면 다른 남자와… 그리고 끝이겠지…. 하지만 피슐이라니! 아, 적어도 다른 놈이었다면 누구라도 상관없었을 텐데! 하지만 피슐이라니.’ 그는 증오심에 차서 그 이름을 되뇌었다. ‘그 개자식은 훗날 이렇게 말하겠지… 내가 가진 것 없는, 알몸이나 다름없는 골더의 딸을 거둬줬다고….’

갑자기 그는 몸을 숙여 두 손으로 조이스의 얼굴을 감싸고 강제로 들어 올렸다. 그의 늙고 거친 손톱이 광기에 가까운 격정을 드러내듯, 일부러 그녀의 여린 살을 파고들었다.

“넌… 넌… 만일 내가 필요하지 않았다면 날 혼자 죽게 내버려뒀을 거야. 그렇지? 내가 어떻게 되든 상관도 안 했겠지?”

조이스가 중얼거렸다.

“그럼, 아빠는 나를 찾았을까요?”

그녀가 미소를 지었다. 골더는 눈물이 그렁그렁한 눈과 꽃처럼 천천히 벌어지는 붉고 도톰한 아름다운 입술을 넋을 잃고 바라보았다.

‘내 딸… 어쩌면 결국은 내 딸일지도 몰라. 누가 알겠어?

그리고 제기랄! 그게 다 무슨 상관이란 말인가!'

"너는 늙은 놈을 다룰 줄 알지, 그렇지, 조이?" 그는 열에 들떠 속삭였다. "너의 눈물… 그리고 그 돼지같은 놈이 내 것을 살 수 있다는 생각 때문에… 내가 못 견딜 거라 생각했겠지? 그렇지?" 그는 증오와 거친 애정이 뒤섞인 목소리로 미친 듯이 반복했다. "좋아… 그럼 네가 원하는 걸 해볼까? 내가 죽기 전에 너한테 돈을 좀 벌어줄까? 1년만 기다리겠니? 1년 후면, 네 엄마가 평생 동안 가져본 것보다도 더 많은 돈을 네가 갖게 될 거야."

골더는 그녀를 밀쳐내고 자리에서 일어섰다. 그의 늙고 지친 몸에 예전의 열기와 생명의 기운, 강한 의지와 흥분이 다시 한번 살아나는 듯했다.

"피슐은 집어치워!" 별안간 그가 날카롭고 단호해진 목소리로 소리쳤다. "그리고 네가 바보가 아니라면 네 알렉도 똑같이 집어치워야 하고. 그 자식이 네 돈을 다 갉아먹게 놔둘 거야? 내가 죽으면 어떻게 할 건데? 아, 상관없겠지. 어차피 다시 늙은 피슐에게 기대면 될 테니까. 아, 나는 정말 한심한 늙은이로군." 그가 갑자기 투덜거렸다. 그는 조이스의 턱을 움켜쥐고 그녀가 비명을 지를 정도로 세차게 비틀었다. "내가 준비할 계약서에 무조건 서명해. 네 결혼을 위해 작성할 거야. 네 애인을 위해 뼈 빠지게 일할 생각은 없다. 알아들어? 돈이 필요해?"

조이스는 대답 대신 고개만 끄덕였다. 골더는 그녀를 놓아주고 서랍을 열었다.

“잘 들어라, 조이… 내일 내 공증인 스통을 찾아가 내 이름을 말해라. 그가 네게 매달 150파운드를 보내줄 거야….”

골더는 테이블에 흩어진 신문 여백에 급히 숫자 몇 개를 휘갈겨 썼다.

“예전에 내가 네게 주던 것과 얼추 비슷한 금액이야. 조금 줄긴 했지만 당분간은 이걸로 만족해야 할 거야. 내 딸… 그게 내게 남은 전부니까. 나중에 내가 돌아오면 그때 결혼해라.”

“그런데 아빠, 어디 가세요?”

그는 거칠게 어깨를 으쓱했다.

“그게 너랑 무슨 상관이니?”

그는 조이스의 목덜미에 손을 얹고 살짝 고개를 숙이게 했다.

“조이스… 만일 내가 객지에서 죽는다면 스통이 네 이익을 최대한 보호할 수 있도록 모든 걸 처리해줄 거다. 너는 그냥 스통이 하는 대로 따라라. 그가 네게 서명하라고 하면 무조건 서명하고. 알아들었니?”

그녀는 고개를 끄덕였다.

골더는 깊이 숨을 내쉬었다.

“자, 그럼….”

“대디, 달링….”

조이스는 그의 무릎 위로 슬며시 올라와 그의 어깨에 이마를 얹고 눈을 감았다.

그는 그녀를 바라보았다. 입가에 번지던 전율을 억누르며 보일 듯 말 듯 희미하게 미소 지었다.

“돈이 없으니 사람이 이렇게 다정해지는구나. 안 그러니? 이렇게 다정한 네 모습을 보는 건 처음이구나, 조이스….”

그는 ‘그리고 마지막이겠지!’라고 생각했지만 아무 말도 하지 않았다. 그저 손끝으로 조이스의 눈가와 목선을 천천히 오래도록 쓰다듬었다. 그 형태를 기억 속에 새겨 오래도록 간직하려는 듯이.

## 27

"계약 당사자 양측은 본 협정이 비준된 날로부터 30일 이내에 채굴권 관련 협약을 체결하기로 합의한다…."

탁자에 둘러앉은 열 사람이 골더를 바라보았다.

"좋습니다. 계속하시죠." 골더가 나지막하게 말했다.

"다음과 같은 조건으로…."

골더는 얼굴 앞에서 손을 신경질적으로 흔들어대며 입안까지 밀려드는 짙은 담배 연기를 애써 내몰았다. 때때로 맞은편에서 문서를 읽고 있는 남자의 창백하고 각진 얼굴, 움푹 꺼진 뺨, 벌어진 입술 사이의 검은 구멍이 연기에 녹아든 얼룩처럼 희미하게 보였다.

강한 러시아 담배 냄새, 가죽 냄새, 사람의 땀 냄새가 공기 중에 감돌았다.

어젯밤부터 이 열 사람은 계약서의 최종 문구를 두고 의견을 좁히지 못하고 있었다. 그전에도 논쟁이 18주 동안 계속된 일도 있었다.

골더는 손목시계를 보았지만 시계는 멈춰 있었다. 그는 창 쪽을 곁눈질했다. 때가 잔뜩 낀 유리창 너머로 모스크바의 아침이 밝아오고 있었다. 무척 아름다운 8월의 아침이었지만, 벌써 가을 새벽의 투명하고 차가운 공기가 감돌고 있었다.

"소비에트 정부는 튀빙겐 페트롤리움 사(社)의 대표가 1925년 12월 2일 자 양해각서에 명시한 티스크 지역과 이른바 아론지스 평원 사이의 유전 지역에 대한 채굴권 50퍼센트를 튀빙겐 페트롤리움에 양도할 것을 승인한다. 각 유전은 직사각형 형태로, 각 구역의 면적은 40데시아티나*를 초과할 수 없으며 서로 인접하지 않는다…."

골더가 손짓했다.

"마지막 조항을 다시 읽어주시겠습니까?" 그가 입술에 힘을 주고 말했다.

"각 유전은…."

'역시 그렇군.' 골더는 짜증이 치밀어오르는 것을 느끼며

---

* 구 소비에트 연방의 토지 면적 단위. 1데시아티나는 약 1만 제곱미터.

생각했다. '전에는 이런 얘기가 없었는데… 이놈들은 항상 막판에야 이런 애매모호한 조항을 넣는다니까. 언뜻 보면 아무 의미 없어 보이지만 초기 비용을 다 대고 나면 그제야 뒤통수를 치려는 수작이지… 암룸에게도 같은 짓을 했다고 들 하던데.'

그는 예전에 마르쿠스의 서류 속에서 암룸과의 계약서 사본을 본 기억이 떠올랐다. 작업 착공은 정해진 날짜에 시작되어야 한다고 명시되어 있었다. 하지만 비공식적으로 기한 연장이 가능하다는 약속을 받았고, 계약은 결국 일방적으로 파기되었다. 그 사건으로 암룸은 수백만을 날렸다. 돼지 같은 놈들. 그는 이를 갈며 중얼거렸다.

골더가 갑자기 주먹으로 탁자를 내리쳤다.

"이 조항은 삭제하시죠!"

"안 됩니다." 누군가 소리쳤다.

"나는 서명하지 않겠습니다."

남자들 가운데 한 명이 소리쳤다.

"오! 친애하는 데이비드 이사키치*…."

그 부드럽고 노래하는 듯한 러시아 억양과 정중하면서 아첨하는 듯한 슬라브식 표현은 남자의 노랗고 단단한 얼굴, 가늘고 날카롭게 빛나는 잔인한 눈빛과 기묘하게 대조

---

* 이름을 바꾼 골더를 러시아식 옛 이름으로 부르고 있다.

되었다. 그는 골더를 가슴에 끌어안으려는 듯 팔을 내밀며 말을 이었다.

"친애하는 친구여, 지금 무슨 말을 하는 겁니까? 골룹치크*…. 이 조항에 하등 특별한 의미가 없다는 것을 당신도 알잖습니까. 프롤레타리아는 소비에트 영토의 일부가 자본가들 손에 넘어가는 것을 우려하고 있습니다. 이 조항은 단지 그들의 정당한 불안을 진정시키기 위한 것일 뿐입니다…."

골더가 거칠게 어깨를 으쓱했다.

"됐어! 집어치워! 그럼 암룸은? 대체 어땠지? 게다가 회사가 검토하지도 않고 승인하지도 않은 조항에 서명할 권한은 없소… 잘 이해했소? 시몬 알렉세예비치?"

시몬 알렉세예비치는 서류철을 닫고 아까와는 다른 목소리로 강조했다.

"좋소! 그렇다면 우리는 회사가 승인할지 거부할지 검토를 마칠 때까지 기다리도록 하겠습니다."

골더는 생각했다.

'그래, 이거였군… 그들은 시간을 끌고 싶은 거야… 암룸 때도 이랬을까?'

그는 의자를 시끄럽게 밀치고 일어섰다.

---

* 친근한 사람을 부르는 러시아어.

"나는 기다리지 않을 거요. 알아들었소? 아무것도! 계약은 즉시 서명되든가 아니면 영원히 무효요! 명심하시오! 예스인지 노인지 말해요. 지금 당장! 나는 모스크바에 단 한 시간도 더 머물지 않을 거요. 확실히 알아두시오! 가세, 발레." 골더는 서른여섯 시간째 쉬지 못하고 절망 어린 눈빛으로 자신을 보고 있는 튀빙겐의 비서 발레를 향해 말했다. '설마 또 시작되는 건가, 맙소사, 온갖 사소한 문제… 끝없는 말다툼과 고함, 그리고 늙은 골더의 고통스럽고 섬뜩한 목소리. 때때로 그 목소리는 말이라기보다는 목구멍에서 피가 흐르는 듯한 괴이한 울림에 가까웠다.

'어떻게 저 사람은 저렇게까지 소리칠 수 있지?' 발레는 저도 모르게 격렬한 공포를 느끼며 생각했다. '다른 사람들은 또 어떻고?'

이제 그들은 모두 방 한구석에 모여 야수처럼 고함을 질러대고 있었다. 발레가 겨우 알아들을 수 있는 단어라곤 '프롤레타리아의 이익'과 '착취 자본의 폭정'뿐이었다. 그들은 마치 주먹다짐을 하듯 서로에게 그 말을 퍼부으며 쉼 없이 몰아쳤다.

골더의 얼굴은 핏발이 서고 부어올랐다. 그는 열에 들뜬 채로 손바닥으로 테이블을 마구 내려치며 그 위에 쌓인 서류들을 사방으로 흩었다. 고함을 지를 때마다 늙은 골더의 심장이 터질 것처럼 보였다.

"발레! 빌어먹을!"

골더가 소리치자 발레는 깜짝 놀라 몸을 움찔하며 벌떡 일어났다.

골더가 그의 앞을 폭풍처럼 지나갔다. 몸짓하며 소리치는 사람들이 그를 따라 휩쓸려 갔다. 발레는 한마디도 이해하지 못했다. 그는 마치 악몽을 꾸는 듯한 기분으로 골더를 쫓아갔다. 위원 중 단 한 명만 자리에 남아 있다가 골더가 계단을 내려갈 때 그를 따라나섰다. 그는 각진 얼굴에 중국인 같은 분위기를 풍겼으며, 피부는 마른 대지처럼 거무스름했다. 그는 예전에 도형수였다. 그의 콧구멍은 끔찍하게 베인 상처로 일그러져 있었다.

골더는 진정된 것 같았다. 그 남자가 골더의 귀에 대고 귓속말을 했다. 그들은 다시 방으로 돌아와 자리에 앉았다. 시몬 알렉세예비치가 다시 계약서를 읽기 시작했다.

"연간 석유 생산량은 약 3만 톤으로 추정되며, 소비에트 정부는 5퍼센트의 권리를 갖는다. 이후 생산량이 1만 톤 증가할 때마다 소비에트 정부의 권리는 0.25퍼센트씩 추가되며 연간 생산량이 43만 톤에 도달하면 15퍼센트까지 증가한다. 또한 소비에트 재무부는 유전에서 생산된 석유의 45퍼센트에 해당하는 수익을 받으며 가스에 대해서는 포함된 가솔린 함량에 따라 10퍼센트에서 35퍼센트의 권리를…."

골더는 이제 턱을 괴고 눈을 내리깐 채 아무 말 없이 듣고 있었다. 발레는 그가 잠들었다고 생각했다. 얼굴은 창백하고 피로로 지쳐 있었으며, 입꼬리가 깊게 파였다. 콧구멍은 마치 죽은 사람처럼 오므라들고 있었다.

발레는 시몬 알렉세예비치의 손에 들린 타자기로 작성된 계약서를 힐끗 바라보았다. 그는 낙담해서 생각했다.

'이게 과연 끝나긴 할까…'

골더가 갑자기 발레 쪽으로 몸을 기울였다.

"자네 뒤에 있는 창문을 열게. 빨리…." 그가 속삭이듯 말했다. "숨이 막혀…."

놀란 발레가 몸을 움직였다.

"창을 열게." 골더가 다문 입술을 거의 움직이지 않고 재차 명령했다.

발레는 급히 여닫이 창문을 열고 골더가 그대로 쓰러질지 모른다고 생각하며 그에게 다가갔다.

시몬 알렉세예비치는 여전히 계약서를 읽고 있었다.

"튀빙겐 페트롤리움은 모든 원유 및 석유 정제 제품을 세금이나 특별 허가 없이 자유롭게 유통할 수 있다. 또한 튀빙겐은 작업에 필요한 기계, 장비, 원자재 및 노동자를 위한 식료품을 무관세로 수입할 수 있다…."

발레가 황급히 우물우물 말했다.

"골더 씨, 제가 그만 읽으라고 하겠습니다. 지금 이 상태로는 안 됩니다… 얼굴이 너무 창백해요…."

골더가 발레의 손을 거칠게 움켜잡았다.

"조용히 하시오… 자네 때문에 안 들리잖아… 조용히 좀 하라고. 빌어먹을!"

"채굴업자가 소비에트 정부에 지불해야 하는 양도 금액은 유전 총 생산량의 5퍼센트에서 15퍼센트, 분출 유전의 경우 최대 40퍼센트에 이를 것이다…."

골더가 알아들을 수 없는 신음 소리를 내며 몸을 반으로 접듯 테이블 위로 숙였다. 시몬 알렉세예비치는 말을 멈췄다.

"분출 유전에 관한 2차 소위원회의 보고서에 따르면…."

발레는 테이블 아래에서 골더의 얼음장처럼 차가운 손이 경련하며 자기 손을 꽉 쥐는 것을 느꼈다. 본능적으로 그 역시 온 힘을 다해서 그의 손가락을 움켜쥐었다. 그는 죽어가는 사냥개의 부러지고 피 흘리는 턱을 이렇게 잡아준 일을 어렴풋이 떠올렸다. 왜 이 늙은 유대인은 죽어가면서도 으르렁거리고 마지막으로 이를 드러내며 고통을 참으며 달려들던 그 개를 자꾸 떠오르게 하는 것일까?

골더가 말했다.

"27조 말인데… 이 조항 때문에 사흘이나 질질 끌었잖아. 이제 또 반복할 건가? 얼른 끝내!"

"튀빙겐 페트롤리움은 건물, 정유 시설, 송유관 및 작업에 필요한 모든 시설을 건설할 수 있다. 양도 기간은 99년으로 한다…."

골더는 발레의 손을 뿌리치듯 놓았다. 그리고 테이블 아래 잉크로 얼룩진 방수포 위에 쓰러지듯 엎드렸다. 그는 가슴 부위의 옷을 거칠게 풀어헤치고 폐를 꺼내려는 듯 손톱으로 가슴을 후볐다. 고통을 가시려는 본능에 이끌려 몸을 땅에 누이는 병든 짐승처럼 떨리는 손가락으로 악착같이 가슴을 부여잡았다. 그의 낯빛은 창백했다. 발레는 골더의 얼굴에서 묵직하고 진한 땀방울이 눈물처럼 흘러내리는 것을 바라보았다.

그러나 시몬 알렉세예비치의 목소리는 점점 더 커져서 거의 장엄하기까지 했다. 그는 몸을 약간 일으키며 마지막 조항을 읽었다.

"제 74조, 마지막 조항. 양도 기간이 만료되면 상기 언급된 건축물과 유전의 모든 시설은 소비에트 정부의 양도 불가능한 재산으로 귀속된다."

"끝난건가." 발레가 놀란 듯 숨을 몰아쉬었다.

늙은 골더는 천천히 고개를 들고 펜을 달라는 손짓을 했다. 서명 절차가 시작되었다. 열 명의 남자는 창백하게 질리고 말이 없었으며 기진맥진해 있었다.

골더는 자리에서 일어나 문 쪽으로 걸어갔다. 위원회 위원들은 멀찍이서 조심스럽게 그에게 인사했다. 오직 중국인 같은 분위기를 풍기던 그 남자만이 미소를 짓고 있었다. 다른 사람들은 지치고 화난 것처럼 보였다. 골더는 자동인

형처럼 딱딱하고 거칠게 고개를 까딱했다.

발레는 생각했다.

'이제… 쓰러지겠지, 분명…. 그는 껍데기만 남았어….'

하지만 골더는 쓰러지지 않았다. 그는 계단을 내려갔다. 거리로 나서자마자 마치 현기증이 난 듯 멈춰 섰다. 그는 이마를 벽에 대고 말없이 서 있었다. 그의 몸이 부들부들 떨리고 있었다.

발레는 자동차를 불렀고 골더를 부축해 태웠다. 차가 흔들릴 때마다 골더의 머리가 흔들렸고, 죽은 자의 머리처럼 가슴 위로 축 쳐졌다. 그러나 신선한 공기가 그를 조금씩 소생시켰다. 그는 깊이 숨을 들이마셨고 심장께에 있는 자기 지갑을 만지작거렸다.

"드디어 끝났군… 돼지들 같으니…."

"제 생각에는." 발레가 말했다. "우리는 이곳에서 이미 4개월 반이나 있었습니다! 이제 떠나야죠, 골더 씨? 이런 형편없는 나라에서 더는 못 있겠어요!" 그가 힘차게 말을 맺었다.

"그래. 자네는 내일 떠나게."

"뭐라고요? 그럼 골더 씨는요?"

"나, 나는 티스크로 간다."

"오!" 발레가 놀라며 소리치다 말고 잠시 망설이더니 조심스레 말했다.

"골더 씨… 꼭 그래야 하나요?"

"그렇다네. 왜?"

발레는 얼굴을 붉혔다.

"제가 함께 갈까요? 이 험한 나라에서 혼자 계신다는 게 마음에 걸립니다. 몸도 안 좋아 보여요."

골더는 대답 대신 애매하고 불편한 어깻짓을 했다.

"자네는 가능한 한 빨리 떠나게, 발레."

"하지만… 사람을 부를까요? 이런 상태로 혼자 여행하는 건 너무 위험합니다…."

"나는 익숙하다네." 골더가 무뚝뚝하게 중얼거렸다.

## 28

"17호실 복도 왼쪽 첫 번째 방요!" 아래쪽에서 웨이터가 소리쳤다. 잠시 후 불이 꺼졌다. 골더는 끝없이 이어지는 계단에 걸려 휘청이며 꿈속을 걷듯 계속 올라갔다.

부어오른 팔이 아팠다. 트렁크를 바닥에 내려놓고 손을 더듬어 난간을 찾은 후 몸을 숙여 사람을 불렀다. 그러나 아무도 대답하지 않았다. 그는 숨 가빠하며 낮은 목소리로 욕설을 내뱉고 다시 두 계단을 올라갔다. 벽에 등을 기댄 채, 고개를 젖히고 거친 숨을 몰아쉬었다.

트렁크가 무거운 것도 아니었다. 그 안에는 세면도구 몇 가지와 여벌 옷 몇 벌만 들어 있었다. 이런 소비에트의 시골에서는 짐을 손으로 끌고 다녀야 하는 순간이 오기 마련이었다. 모스크바를 떠난 이후로 골더 역시 이 점을 뼈저리게 깨닫고 있었다. 하지만 짐을 줄였음에도 그마저도 들기가 쉽지 않았다. 골더는 지독하게 피곤했다.

그는 어제 티스크를 떠났다. 여행이 너무나 힘들어서 도로에서 자동차를 세울 뻔했다. 무려 22시간이나 차를 탔다니! 아! 이 늙은 몸뚱어리로! 차는 반쯤 부서진 포드였고 길은 자동차 통행이 거의 불가능할 정도로 험난한 산길이었다. 차의 요동과 충격에 뼈가 부러질 지경이었다. 저녁 무렵 클랙슨이 망가졌고, 운전사는 어느 마을에서 남자아이 하나를 태웠다. 아이는 차의 발판 위에 올라타고는 한 손으로 지붕을 붙잡고 6시부터 자정까지 쉬지 않고 입에 손가락 두 개를 집어넣어 호루라기 소리를 냈다. 아직도 귓전에 그 소리가 들리는 듯했다. 골더는 고통으로 얼굴을 일그러뜨리고 두 손으로 귀를 막았다. 낡은 고물 포드 자동차의 굉음, 커브를 틀 때마다 내려앉을 듯 덜컹거리는 창문… 희미한 불빛들이 눈에 들어왔을 때는 거의 새벽 1시였다. 그곳은 항구였고, 날이 밝으면 골더는 이곳에서 유럽으로 가는 배를 탈 것이다.

한때 주요 밀 무역 거점 중 하나였던 이곳을 골더는 잘 알고 있었다. 스무 살에 이곳에 왔었다. 바로 이곳에서 처음 바다로 떠났다.

이제는 그리스 기선과 소비에트 화물선 몇 척만이 항구

에 정박해 있었다. 도시는 버려진 듯 황량했고 가난의 흔적이 마음을 무겁게 했다. 게다가 벽에 총알 자국이 남아 있는 이 어둡고 더러운 호텔은 말로 표현할 수 없을 정도로 을씨년스러웠다. 골더는 티스크에서 조언받은 대로 모스크바를 경유하지 않은 것을 후회했다. 출항하는 배들은 거의 슈롱부룸 — 카펫과 낡은 모피 꾸러미를 들고 세계 곳곳을 떠돌며 팔아치우는 장사꾼 — 으로 가득했다 . 하지만 하룻밤은 금방 지나갈 것이다. 한시라도 빨리 떠나고 싶었다. 모레견 콘스탄티노플에 도착해 있을 것이다.

골더는 방으로 들어왔다. 긴 한숨을 내쉬고 불을 켜고 구석에서 제일 가까운 의자에 앉았다. 단단하고 불편한, 등받이가 뻣뻣한 검은색 나무 의자였다.

너무나 지쳐서 잠깐 눈을 감기만 해도 의식을 잃고 잠이 들 정도였다. 그러나 고작 1분이 지났을 뿐이었다. 눈을 뜨고 무의식적으로 방 안을 둘러보았다. 천장에 매달린 작은 전구에는 약한 전류가 흐르고 있었고 불빛은 바람 앞의 촛불처럼 꺼질 듯 가물거렸다. 불빛이 반쯤 지워진 큐피드 그림을 비추었다. 한때는 신선한 피처럼 붉었을 엉덩이에 먼지가 두껍게 쌓여 있었다. 방은 거대하고 높고 광활했다. 검은 나무와 붉은 벨벳으로 된 가구들이 있었다. 한가운데에는 탁자와 고풍스러운 석유 램프가 놓여 있었다. 램프의 둥근 유리 갓은 수없이 쌓인 죽은 파리들로 덮여 있고, 그것은 마치 검은 잼처럼 두껍게 굳어 있었다.

벽에는 당연하다는 듯 총탄 자국이 나 있었다. 특히 한쪽 칸막이벽에는 거대한 구멍이 뚫려 있었고, 별 모양으로 금이 간 회벽은 서서히 부스러지며 모래처럼 흘러내렸다. 골더는 무심코 그 균열 속에 주먹을 넣었다가 한참 동안 두 손을 맞비비고 일어섰다. 어느덧 3시가 넘어 있었다.

그는 몇 걸음 걷다가 도로 자리에 앉았다. 구두를 벗으려고 몸을 숙였다가 웅크린 그대로 팔을 늘어뜨리고 움직이지 않았다. 옷을 벗는 게 무슨 소용인가? 어차피 잠들 수도 없을텐데. 물도 없었다. 세면대 수도꼭지를 돌려보았지만, 물이 나오지 않았다. 숨 막히는 열기였다. 게다가 바람 한 점 없었다. 먼지와 땀에 젖은 옷이 피부에 달라붙었다. 몸을 움직일 때마다 축축한 천이 어깨를 차갑게 감쌌다. 발열처럼 고통스러운 가벼운 오한이 일었다.

'주님, 저는 언제쯤 이 나라를 떠날 수 있을까요?'

밤은 영원히 끝날 것 같지 않았다. 출항까지 세 시간이 남아 있었다. 배는 동틀 무렵 출발하기로 되어 있지만, 당연히 지연될 것이다…. 바다에 나가면 좀 낫겠지. 바람도 불고 공기도 신선할 것이다. 그리고 콘스탄티노플에 닿을 것이다. 지중해. 그리고 파리. 파리? 골더는 증권거래소에서 수군거리는 사람들을 상상하며 희미한 만족감을 느꼈다. "자네, 그 늙은 골더 소식 들었나? 누가 생각이나 했겠나? 그 늙은

이가 결국 보란 듯이 해낼 줄이야…” 그런 이야기가 들리는 것 같았다. 빌어먹을 놈들…. 현재 티스크의 가치는 얼마쯤일까? 골더는 계산해보려 했지만 가늠하기 어려웠다…. 발레가 떠난 후로 유럽 소식을 듣지 못했다. 나중에…. 그는 힘껏 숨을 내쉬었다. 이상했다…. 배에서 내린 후의 삶을 상상할 수가 없었다. 나중에… 조이…. 쓸쓸하게 얼굴을 일그러뜨렸다. ‘조이… 아마도 아주 가끔, 남편이 도박으로 돈을 날리거나 자신이 궁핍해질 때쯤이면, 그때는 이 늙은이를 기억하겠지. 찾아와서 돈을 가져가고 다시 몇 달 동안 자취를 감추겠지….’ 골더는 스통에게 지시해 조이스가 자신의 자산에 손댈 수 없도록 조항을 만들게 했다. ‘안 그랬다가는 조이스가 결혼하는 날부터 내가 죽을 때까지….’ 그는 생각을 맺지 못했다. 이제 아무런 환상도 없었다.

“조이… 난 할 수 있는 만큼 다 해줬다.” 골더는 소리 내어 서글프게 말했다.

그는 부츠를 벗었다. 침대까지 걸어가 몸을 뉘었지만, 언제부턴가 오래 누워 있을 수 없었다. 숨을 쉴 수가 없었다. 때로는 잠이 들었지만, 곧바로 꿈속에서 질식하는 듯한 느낌에 사로잡혔다. 그리고 애처롭고 기이한 비명을 질렀다. 마치 꿈속에서 들리는 소리처럼 희미하고 막연하면서도 불길한 위협이 서린, 자신조차 이해할 수 없는 비명이었다. 그렇게 신음하며 어린아이처럼 흐느끼는 소리를 내고 있었다는 사실을 그 자신도 결코 알지 못했다.

이번에도 몸을 눕히기가 무섭게 숨이 막혀왔다. 그는 간신히 몸을 일으켰고 의자를 창까지 질질 끌고 가서 창을 열었다. 아래로는 항구가 보였다. 검은 물… 날이 밝아오고 있었다.

골더는 갑자기 잠에 빠져들었다.

## 29

새벽 다섯 시에 항구에서 울리는 첫 뱃고동 소리가 골더의 잠을 깨웠다.

힘들게 몸을 숙여 신발을 신은 다음 물이 나오지 않는 세면대의 수도꼭지를 다시 한번 돌려보았다. 벨을 울리고 오랫동안 기다렸지만 허사였다. 트렁크 안에 남아 있던 오드콜로뉴* 몇 방울을 얼굴에 적신 후 짐을 챙겨서 아래층으로 내려갔다.

아래층으로 내려가서야 겨우 차 한 잔을 받아 마실 수 있었다. 그는 값을 치르고 밖으로 나왔다.

---

* 가벼운 향수로, 애프터셰이브나 손과 얼굴을 닦는 용도로도 사용된다.

골더는 무의식적으로 자동차를 찾았다. 그러나 도시는 텅 빈 것 같았다. 바닷바람이 몰고 온 두터운 모래가 도로 경계석을 반쯤 덮고 길까지 덮어서 발자국이 마치 눈 위에 찍힌 것처럼 깊게 남았다. 골더는 맨발로 소리없이 도로 한복판을 달려가는 아이에게 손짓했다.

"내 가방을 항구까지 들어주겠니? 여기 자동차는 없니?"

아이는 이해하지 못하는 것 같았지만 트렁크를 들고 앞서 걸어갔다.

집들은 문이 잠겨 있고 창문에는 판자가 덧대어져 못이 박혀 있었다. 은행이나 공공건물이 있기는 했지만 폐쇄되고 사람이 없었다. 벽에는 러시아 제국의 쌍두독수리 문양이 지워진 흔적이 있었는데, 마치 돌에 새겨진 상처 같았다. 골더는 무의식적으로 걸음을 재촉했다.

골더는 몇몇 어둡고 낡은 골목과 위태롭게 서 있는 목조 주택들을 어렴풋이 알아보았다. 하지만 이 적막함은… 갑자기 걸음을 멈췄다.

항구에서 멀지 않은 곳이었다. 공기 중에는 강한 소금 냄새와 뻘 냄새가 풍겼다. 구두 수선공의 어둡고 작은 가게, 징을 박은 장화가 창문 앞에서 삐걱거리며 흔들리고 있었다…. 길모퉁이에는 그가 묵었던, 선원들과 여자들이 드나들던 호텔이 그대로 서 있었다. 구두 수선공은 이 지방에 정착한 그의 아버지의 사촌이었다. 때때로 골더는 그의 집에 밥을 먹으러 가곤 했다. 그때를 또렷이 기억하고 있었다…. 어써 그의 얼굴을 떠올리려 했지만 날카롭고 한탄하는 듯한 목소리만 떠오를 뿐이었다. 아마 그 목소리가 수아페의 목소리와 닮아서일 것이다.

"애야. 그냥 남아라…. 넌 돈이 길바닥에 굴러다니는 줄 다니? 어디든 삶은 고된 거란다."

골더는 무심코 문손잡이를 돌리려다 이내 손을 내려놓았다. 48년 전이다! 그는 어깨를 으쓱하고 자리를 떠났다.

"만약 내가 여기 남았더라면?"

골더는 마지못해 입꼬리를 올렸다. 혹시 모르지. 글로리아가 집안을 돌보고 금요일 저녁마다 거위 기름으로 갈레트를 굽고 있을 수도…. "삶이란…." 그가 희미하게 중얼거렸다. 수십 년이 지나, 다시 이 세상의 잊힌 구석으로 돌아오게 되다니. 얼마나 기이한 일인가….

항구. 마치 어제 떠난 것처럼 선명했다. 반쯤 허물어진 작은 세관 건물. 모래에 파묻힌 채 방치된 작은 배들. 검고 거친 모래는 석탄과 쓰레기로 뒤덮여 있었다. 초록빛을 띠는 혼탁하고 진득한 물 위에 예전처럼 수박 껍질과 죽은 짐승들이 떠다녔다. 그는 배에 올랐다. 작은 그리스 기선이었는데, 전쟁 전까지만 해도 바투미에서 콘스탄티노플을 운항했다. 한때 승객을 태우던 배였는지 안락한 옛 모습이 조금은 남아 있었다. 살롱이 있고 피아노가 있었으리라. 하지만 혁명 후에는 화물만 싣고 수상한 거래를 하는 게 틀림없다. 배는 더럽고 비참했다. 골더는 생각했다.

'항해가 길지 않아 다행이다….'

갑판에는 작은 붉은색 모자를 머리에 쓴 슈룸부룸들이 바닥에 앉아 카드 게임을 하고 있었다. 골더가 지나가자 그들이 얼굴을 들었다. 그중 한 명이 자기 팔에 감고 있던 분홍색 유리 목걸이를 기계적으로 흔들며 웃었다. "뭐든 사주세요, 바린*…." 골더는 고개를 흔들고, 들고 있는 지팡이 끝으로 살짝 그들을 밀어냈다. 그 첫 항해 내내 얼마나 자주 이런 사람들과 밤마다 배 한구석에서 카드 놀이를 했던가. 그 기억은 이상할 정도로 끈질기게 남아 있었다. 아주 오래전 일이었다. 사람들은 물러서며 그가 지나가도록 길을 내주었다. 골더는 선실로 내려가 한숨을 쉬며 창 너머 바다를 바라보았다. 배가 출항했다. 그는 판자 위에 마른 짚 따위를 채운 매트리스가 깔린 간이침대 위에 앉았다. 날씨가 좋다면 갑판에서 밤을 보낼 수도 있을 것이다. 그러나 바람이 세차게 불었다. 배는 흔들렸고, 춤을 추듯 출렁였다. 골더는 혐오스럽게 바다를 바라보았다. 끝없이 흔들리고, 요동치는 세상에 진저리가 났다. 기차와 자동차 창 너머로 쏜살

---

* 제정 러시아 시대, 하급자들이 귀족이나 부유한 사람을 높여 부를 때 쓰던 표현. 슈룸부룸 상인은 골더를 부유한 서구 상인으로 보고 정중하게 이 표현을 사용했다.

같이 지나가는 땅, 불안에 찬 짐승의 울음소리를 닮은 파도, 가을 폭풍에 휘몰아치는 연기… 변치 않는 저 지평선을 죽을 때까지 바라본다면…. 그는 중얼거렸다. "피곤해." 심장병 환자 특유의 불안한 몸짓으로, 골더는 두 손으로 심장을 눌렀다. 마치 아이를 안듯, 죽어가는 짐승을 부축하듯, 낡고도 고집스럽게 늙은 육신 속에서 희미하게 뛰는 심장을 살짝 들어 올렸다. 그렇게 하면 조금이나마 도움이 될 것 같았다.

갑자기 배가 거세게 흔들리자 함께 심장이 멈칫하는가 싶더니 갑자기 빨라졌다. 너무 빨라… 동시에 왼쪽 어깨에 날카로운 통증이 번개처럼 퍼졌다. 그는 창백해졌고 고개를 내민 채 공포에 질린 표정으로 오래도록 기다렸다. 그의 숨소리가 선실을 채우고 바람과 바다의 떠들썩한 소리를 덮어버리는 것 같았다.

조금씩 통증이 약해지더니 진정되고 사라졌다… 완전히. 골더는 웃으려 애쓰면서 큰 소리로 말했다.

"아무것도 아니야. 이제 다 끝났어."

그는 고통스럽게 숨을 몰아쉬었고, 더 천천히 내쉬었다.

"끝났어…."

그는 몸을 일으켰다. 비틀거렸다. 밖에서는 하늘과 바다가 서서히 어두워지고 있었다. 선실은 한밤중처럼 캄캄했다. 오직 둥근 창을 통해 기이한 초록색 빛이 스며들뿐, 그것마저 흐릿하고 초라해서 아무것도 비추지 못했다. 골더는 더듬더듬 외투를 찾아 입고 밖으로 나갔다. 마치 눈먼 사람처럼 두 손을 앞으로 뻗었다. 바다가 요동칠 때마다 배 전체가 흔들렸고 마치 물속으로 가라앉을 듯 출렁거렸다. 골더는 갑판으로 이어지는 작고 가파른 수직 사다리를 타고 간신히 올라갔다.

"조심하세요, 선생. 그 위에는 바람이 거세요." 한 선원이 급히 내려오며 소리쳤다. 그의 입에서 나는 독한 브랜디 냄새가 골더의 얼굴로 훅 끼쳤다.

"배가 출렁거려요, 선생…."

"난 익숙하오." 골더가 퉁명스럽게 중얼거렸다. 그러면서도 간신히 갑판에 다다랐다. 거센 파도가 배를 덮쳤다. 한구석에 물에 젖은 덮개 아래에 슈룸부룸들이 서로 밀착한 채, 꼼짝하지 않는 맥없는 가축들처럼 떨고 있었다. 그중 한 명이 골더를 알아보고 고개를 들어 애처롭고 날카로운 목소리로 몇 마디 외쳤지만 소음에 묻혀버렸다. 골더는 들리지 않는다는 몸짓을 했다. 그 남자는 창백한 얼굴에 번득이는 눈동자를 굴리며 자기가 한 말을 더 크게 반복했다. 그리고 구역질을 하더니 갑자기 바닥에 털썩 쓰러져버렸다. 남자는 낡은 양가죽 위에 누운 채, 짐 보따리와 쓰러진 사람들 사이에서 미동도 하지 않았다.

골더는 지나갔다.

얼마 안 가 멈춰야 했다. 그는 강풍에 휘어진 나무처럼 한 쪽으로 몸을 기울인 채 서 있었다. 얼굴을 바짝 들고 입술 위에서 짠 바닷바람의 강렬한 맛과 소금기 어린 쓴맛을 느꼈다. 눈을 뜰 수가 없었다. 두 손으로 축축하고 얼음장 같은 철제 난간을 움켜쥐자 차가운 금속에 손가락이 뻣뻣하게 굳어졌다.

배는 파도가 몰아칠 때마다 가라앉고 부서질 듯했고, 배 옆구리에서는 길고 찢어지는 듯한 둔탁한 신음 소리가 흘러나왔다. 때때로 그 소리는 거센 바람과 파도의 굉음을 압도할 정도로 크게 울려 퍼졌다.

'폭풍우까지… 이제야 완전하군!' 골더는 생각했다.

하지만 그는 꼼짝도 하지 않았다. 오히려 이상야릇한 쾌감에 사로잡혀 거센 폭풍에 늙은 몸을 내맡겼다. 비에 섞인 바닷물이 뺨과 입술을 흠뻑 적셨다. 속눈썹과 머리칼이 소금기로 굳어갔다.

별안간 아주 가까이에서 외치는 소리가 들렸지만 바람이 말 소리를 덮어버렸다. 그는 간신히 눈꺼풀을 들어 올리고 희미한 시야 속에서 몸을 거의 반으로 접듯 숙인 한 남자를 보았다. 남자는 두 팔로 철제 난간을 감싸 쥔 채 필사적으로 매달려 있었다.

파도가 골더의 발치로 튀어 올랐다. 눈과 입에 물이 밀려 드는 것이 느껴졌다. 골더는 서둘러 물러섰다. 남자도 골더를 따라 내려왔다. 두 사람은 한 계단 내려갈 때마다 벽에 부딪히며 가까스로 내려왔다. 남자는 겁에 질린 목소리로 러시아어로 말했다.

"날씨가 정말… 정말 대단하네요. 맙소사….”

어둠이 짙어서 골더 눈에는 바닥까지 끌리는 긴 외투 같은 것만 보였지만, 단조롭게 노래하는 듯한 억양은 익숙했다.

"첫 항해인가?" 골더가 물었다. "이드*?"

남자가 긴장한 듯 웃었다.

"네, 맞아요. 선생님도?" 남자가 기쁜 듯 조급하게 속삭였다.

"나도 그렇소.” 골더가 대답했다.

골더는 벽에 고정된 낡은 벨벳 소파에 앉았다. 남자는 골더 앞에 서 있었다. 골더는 곱은 손으로 겉옷 주머니에 든 담뱃갑을 힘들게 찾아서 열어 보이며 말했다.

"피우시오.”

성냥을 그어 불을 붙이며 잠깐 들어 올리면서 그는 고개 숙인 남자의 얼굴을 바라보았다. 10대로 보이는 앳된 얼굴에 창백하고 누런 피부, 슬퍼 보이는 길쭉한 코, 양털처럼

---

* Yid. 영어에서 '유대인'을 뜻하는 단어. 문맥에 따라 중립적이거나 경멸적인 의미를 가질 수 있으나, 여기서는 같은 유대인끼리 정체성을 확인하는 의미로 사용됨.

곱슬곱슬한 검은 머리카락 그리고 무언가에 사로잡혀 불안하고 투명한 커다란 눈.

"어느 나라에서 왔소?"

"우크라이나의 크레메네츠에서 왔습니다."

"아는 곳이오." 골더가 낮게 말했다.

예전에 크레메네츠는 흑돼지들과 유대인 아이들이 진창 속에서 뒤섞여 우글거리는 가난한 마을이었다. 많이 변하지는 않았을 것이다….

"그러면 자넨 아주 떠나는 건가?"

"그럼요."

"왜 지금 떠나는 건가? 내가 젊었을 때는 그럴 만한 이유라도 있었지만!"

"아! 선생님." 젊은 유대인이 우스꽝스러우면서도 고통스러운 말투로 말했다. "우리 같은 사람들에게 세상이야 늘 똑같죠. 저는요, 선생님. 성실하게 살던 사람인데 이틀 전에 감옥에서 나왔어요. 왜냐고요? 주문을 받아서 남쪽에서 모스크바로 몽팽시에를 실은 화물칸 하나를 보냈거든요. 아시죠? 과일 맛 사탕요. 그런데 여름이라 날이 너무 더워서 화물칸 안에서 몽땅 녹아버린 거예요. 모스크바에 도착했을 때는 사탕이 상자 밖으로 흘러나와 있었어요. 하지만 그게 제 잘못인가요? 그런데도 저는 18개월 동안 감옥에 갇혀 있었어요. 이제는 자유예요. 유럽으로 가려고요."

"몇 살인가?"

"열여덟 살입니다, 선생님."

"아." 골더가 천천히 말했다. "거의 내가 떠날 때의 나이로군."

"선생님도 이 나라 출신인가요?"

"그렇다네."

청년은 말없이 담배를 깊이 빨았다. 어둠 속에서 골더는 빨간 담뱃불에 비친 그의 손이 바삐 움직이는 것을 보았다.

골더가 다시 말했다.

"첫 항해라… 그런데 어디로 가는 건가?"

"일단 파리로 가려고요. 파리에 재단사로 일하는 사촌이 있어요. 전쟁 전에 거기서 자리를 잡았어요. 거기서 돈을 조금이라도 모으게 되면 전 뉴욕으로 갈 겁니다! 뉴욕으로요!" 그는 열에 들뜬 억양으로 되풀이했다. "바로 그곳으로요!"

그러나 골더는 그의 말을 듣고 있지 않았다. 대신 청년의 손과 어깨가 움직이는 모습을 유심히 바라보았다. 끊임없이 떨리는 몸, 빠르게 쏟아지는 말들, 단어를 삼켜버릴 듯한 성급함, 그 뜨거운 열기, 신경질적으로 흘러넘치는 젊은 에너지. 한때 그도 그런 청춘을 지났다. 그러나 이제는 너무나 먼 과거의 일이었다…. 골더가 갑자기 말했다.

"자네는 굶어 죽을 걸세, 알고 있지?"

"아, 전 익숙해요…."

"그렇겠지… 하지만 그곳에서는 훨씬 힘들어…."

"그게 무슨 상관인가요? 금세 지나갈 겁니다…."

골더가 별안간 채찍으로 때리는 것 같은 메마른 웃음을 터뜨렸다.

"아, 그래! 자네는 그렇게 생각하나? 바보 같으니… 그 고생은 몇 년이고 계속된다네… 그다음엔 달라질 것 같나?"

청년은 낮고 정열적인 목소리로 중얼거렸다.

"그다음에는… 부자가 되지요…."

"그다음에는 죽어." 골더가 말했다. "혼자 개처럼 쓸쓸히. 살아온 대로 말이지…."

골더는 말을 끊고 신음하면서 고개를 뒤로 젖혔다. 다시 한번 어깨 깊숙한 곳을 찌르는 고통과 당장이라도 심장이 멎어버릴 듯한 호흡곤란….

청년의 말소리가 들려왔다.

"선생님, 어디 안 좋으세요? 뱃멀미예요?"

"아니…." 골더가 말을 내뱉기조차 힘겹다는 듯 말했다. "아니야… 심장이… 안 좋아… 하지만 이건 그냥 멀미일 뿐이야…."

골더는 힘겹게 숨을 내쉬었다. 말을 하는 것도 고통스러웠다. 목이 찢어지는 듯 아팠다. 그리고 어차피 이 바보 같은 놈한테 대체 무슨 상관이란 말인가? 그의 과거가, 그의 인생이. 세상은 이제 변했다. 지금은 더 쉬운 시대다. 그리고 사실 이 유대인 녀석이 어떻게 되든 아무 상관도 없었다.

골더는 희미하게 중얼거렸다.

"멀미 같은 거야, 알겠지. 그런 하찮은 것들… 나처럼 온 세상을 떠돌다 보면 자네도 알게 될 거야… 그래,부자가 되고 싶다고?"

그는 더욱 낮게 속삭였다.

"나를 잘 봐. 자네는 그럴 가치가 있다고 생각하나?"

골더의 고개가 푹 꺾였다. 순간, 바람과 바다의 소리가 멀어지고 뒤엉킨 소리가 멀리서 흐릿하게 울려 퍼지는 것 같았다. 갑자기 청년이 겁에 질려 "사람 살려!" 하고 외치는 소리가 들렸다. 골더는 몸을 일으켰다. 몸이 심하게 휘청거렸다. 그리고 두 손을 앞으로 뻗으며 허공을 휘저었다. 그는 바닥에 쓰러졌다.

## 30

잠시 후 골더는 깊은 물 속에서 떠오르듯 밤의 어둠 속에서 의식을 되찾았다. 그는 선실에 똑바로 누워 있었다. 누가 외투를 둥글게 말아 머리를 받쳐놓았고 셔츠 앞섶도 풀어 헤쳤다. 처음에 골더는 자기가 혼자라고 생각했다. 마침내 열에 들뜬 얼굴을 돌리자 젊은 유대인의 목소리가 등 뒤에서 들려왔다.

"선생님….."

골더가 몸을 조금 움직였다. 청년이 몸을 숙였다.

"오, 선생님, 좀 나아지셨어요?"

골더는 인간 언어의 형태와 소리를 잊어버린 사람처럼 한동안 입술을 달싹였다. 마침내 그가 중얼거렸다.

"불 켜."

전등이 켜지자 골더는 고통스럽게 숨을 내쉬며 몸을 움직였다. 신음하며 무겁고 기계적인 동작으로 심장께를 더듬었지만 손은 다시 축 늘어졌다. 외국어로 불분명한 몇 마디 말을 했고, 그러고 나서야 완전히 제정신으로 돌아온 것 같았다. 눈을 뜨고서 기이하게 분명한 목소리로 말했다.

"선장을 데려오게."

청년이 떠났다. 골더는 혼자 남았다. 배가 좀 더 세찬 파도에 흔들릴 때면 약하게 신음을 내뱉었다. 하지만 배의 흔들림이 조금씩 잦아들었다. 둥근 창에 햇빛이 비쳤다. 기진맥진해진 골더는 눈을 감았다.

술에 취한 뚱뚱한 선장이 선실에 들어왔을 때 골더는 잠든 것처럼 보였다.

"뭐야? 죽었나?" 그리스인 선장이 욕을 하며 물었다.

골더는 파랗게 질린 입술을 꼭 다물고 천천히 선장을 향해 핏기 없이 푹 꺼진 얼굴을 돌렸다. 그가 중얼거렸다.

"세우시오… 배를…."

선장이 아무 대답을 하지 않자 더 크게 반복했다.

"세우시오. 내 말 들었소?"

반쯤 감긴 눈꺼풀 아래에서 눈이 떨리며 이글거렸다. 그 시선이 너무 강렬해서 선장은 순간 착각하고 마치 멀쩡한 사람에게 말하듯 어깨를 으쓱하며 말했다.

“미쳤군.”

“돈을 주겠소… 당신에게 천 파운드를 주겠소.”

선장이 투덜거렸다.

“이거 보게…. 제정신이 아니군…. 미친놈…. 도대체….
내가 어쩌자고 이런 걸 배에 태운 거야?”

“육지로….” 골더가 웅얼거렸다. “짐승처럼 여기서 나를
혼자 죽게 내버려둘 거요? 개자식들….”

그리고 아무도 이해하지 못하는 말들을 내뱉었다.

“배에 의사가 없나요?” 청년이 물었다. 그러나 선장은 이
기 멀어진 후였다.

유대인 청년은 거칠게 숨을 내쉬는 골더에게 다가갔다.
그의 숨은 이상하리만큼 급하고 불안정했다.

“조금만 참으세요.” 그가 낮은 목소리로 조용히 말했다.
“곧 콘스탄티노플에 도착해요…. 이제 빠르게 가고 있어
요…. 폭풍도 그쳤거든요…. 콘스탄티노플에 아는 사람이
있나요? 가족이 있어요? 누군가?”

“뭐?” 골더가 중얼거렸다. “뭐라고?”

어쨌든 알아듣는 것 같았다. 그러나 단지 이 말만 되풀이
했다.

“뭐라고…” 그러고는 입을 다물었다.

청년은 걱정스러운 듯 쉬지 않고 속삭였다.

“콘스탄티노플은… 큰 도시예요… 그곳에서는 사람들이

선생님을 잘 치료해줄 거예요…. 곧 나으실 거예요…. 걱정하지 마세요.”

그러나 그 순간, 청년은 늙은 골더가 죽어간다는 사실을 깨달았다. 골더의 고통받는 가슴에서 처음으로 낮고 둔탁한 죽음의 숨소리가 올라왔다.

그렇게 한 시간 가까이 흘렀다. 청년은 떨고 있었다. 그렇지만 그 자리를 떠나지는 않았다. 죽어가는 이 노인의 숨소리를 가만히 들었다. 그것은 마치 몸속 깊은 곳에서 울려 퍼지는 거칠고 낮은 포효 같았다. 이해할 수 없는 힘이 그 안에서 살아 숨 쉬는 듯했다.

‘조금만 더… 조금만… 그러면 곧 끝나겠지… 그럼 난 떠날 거야… 하지만 이 사람의 이름조차 모른다니. 맙소사….’ 젊은이는 생각했다.

그리고 그는 골더를 눕히면서 바닥에 떨어뜨린, 파운드화로 가득한 묵직한 지갑을 바라보았다. 몸을 숙여 그것을 집어 들고 살짝 열어보고는 한숨을 쉬었다. 그리고 숨을 참으며 그것을 골더의 펼쳐진 손, 부어오르고 무겁고 얼음장 같은, 시체 같은 손에 조심스럽게 쥐여주었다.

‘누가 알아? 이렇게 하면… 죽기 전 잠시 정신을 차릴지도 몰라…. 내게 이 돈을 줄 수도 있어… 불가능한 일도 아니지. 누가 알겠어? 어쨌든 여기까지 그를 끌고 온 건 나잖아, 이 노인은 혼자고.’

청년은 다시 기다리렸다. 저녁이 가까워질수록 바다는 잔잔해졌다. 배는 흔들림 없이 미끄러져 나아갔다. 바람도 잦아들었다. '밤은 멋지겠지.' 그는 생각했다.

그는 손을 내밀어 자기 앞에 축 늘어져 있는 손목을 만져 보았다. 맥박은 너무도 미약해서 가죽 끈에 매달린 시계 소리에 거의 묻혀버릴 정도였다. 하지만 골더는 아직 살아 있었다. 육식은 천천히 죽어가기 마련이다. 그는 살아 있었다. 골더가 눈을 떴다. 입을 열었다. 그러나 가슴에서는 여전히 섬뜩한 소리가 울려 퍼졌다. 마치 급류가 쏟아져 흐르는 듯한 거친 숨소리였다. 청년은 몸을 숙이고 그 소리에 귀를 기울였다. 골더가 러시아어로 몇 마디 중얼거리더니 갑자기 어린 시절에 사용했지만 잊고 있던 이디시어로 말하기 시작했다. 그 말이 불현듯 입술 위로 떠올랐다.

골더는 빠르게, 중얼거리듯 말했다. 목소리는 이상하게 쉰 소리로 길게 끊어졌고 거친 휘파람 소리가 섞였다. 때때로 말을 멈추고 천천히 손을 목까지 올려 보이지 않는 무언가를 들어 올리려 했다. 얼굴 반쪽은 이미 움직이지 않고 한쪽 눈은 반쯤 뜬 상태로 흐릿했지만, 다른 쪽은 살아 있고 불타고 있었다. 땀이 쉬지 않고 뺨을 타고 흘렀다. 청년이 땀을 닦아주려 했다. 골더가 신음하며 말했다.

"내버려둬…. 이제 그럴 필요 없어…. 잘 들어. 파리에 가거든 오베르 가 28번지로 공증인 스통을 찾아가. 그에게 이렇게 말해. 데이비드 골더가 죽었다고. 반복해. 다시 한번. 스통. 공증인 스통. 내 트렁크와 서류 케이스에 든 모든 것을 전해줘. 그리고 내 딸을 위해 최선을 다해달라고 전해…. 그리고 튀빙겐의 집으로 가…. 잠깐.”

골더가 헐떡거렸다. 입술이 움직였지만 청년에게는 아무 말도 들리지 않았다. 그는 거칠게 숨을 내쉬었다. 입술이 움찔거렸지만 청년은 더 이상 그의 말을 들을 수 없었다. 그가 너무 가까이 몸을 숙인 나머지, 자신의 입술 위로 골더의 열기와 죽어가는 숨결이 닿는 것을 느낄 정도였다.

“콩티낭탈 호텔. 적게.” 마침내 골더가 낮은 목소리로 말했다. “존 튀빙겐. 콩티낭탈 호텔.”

청년은 급히 주머니에서 낡은 편지를 꺼내 봉투 뒷면을 찢어 주소 두 개를 적었다. 골더는 가라앉는 목소리로 명령했다.

“자네가 튀빙겐에게 말하게. 데이비드 골더가 죽었다고, 내가 부탁한다고… 내 딸을 위해… 나는 그를 믿는다고. 그리고….”

골더는 말을 끊었다. 눈이 흔들렸고 어둠으로 가득했다.

“그리고… 아니. 그것만. 그게 전부야. 그걸로 됐어.”

그는 젊은이가 손에 들고 있는 종이를 바라보았다.

“이리 주게…. 서명하겠어…. 그게 나을 거야….”

“못 하실 것 같아요.” 청년이 말했다. 그래도 그는 골더의 손을 잡고 힘없는 손가락 사이에 연필을 쥐여주었다.

"절대 못 하실 거예요." 그가 같은 말을 되풀이했다.

숨을 거두려는 골더가 중얼거렸다. "골더… 데이비드 골더…." 그 목소리에는 혼란과 공포가 어린 집착이 서려 있었다. 어쩌면 자신의 이름, 그 음절들이 이제는 낯선 언어처럼 들렸는지도 모른다. 그럼에도 그는 간신히 서명을 했다.

골더는 여전히 숨을 몰아쉬며 말했다.

"내가 지금 가지고 있는 돈을 전부 자네에게 주겠어. 하지만 반드시 내가 말한 대로, 정확하게 실행하겠다고 맹세하게."

"네, 맹세해요."

"자네 말을 듣고 계신 신 앞에." 골더가 강조했다.

"신 앞에요."

골더의 얼굴이 갑작스러운 경련을 일으켰고 피가 양쪽 입가에서 흘러내려 그의 손 위로 떨어졌다. 숨이 멈췄다. 청년은 동요된 목소리로 크게 외쳤다.

"제 말 들리세요, 선생님?"

창을 두드리는 저녁나절의 빛이 뒤로 젖힌 얼굴 위에 떨어졌다. 청년은 소스라쳤다. 이번에야말로 정말 마지막이었다. 지갑은 뻗은 손 아래 열린 채 그대로 있었다. 그는 잽싸게 지갑을 집어 돈을 세고 자기 주머니에 집어넣은 다음, 두 주소가 적힌 봉투를 허리띠 안쪽, 살이 닿는 부분에 넣었다.

'이제 정말 죽은 걸까?' 그는 생각했다.

청년은 셔츠가 열린 쪽으로 손을 뻗어봤지만, 손가락이 너무 떨려서 심장이 뛰는 걸 제대로 느낄 수 없었다.

청년은 포기했다. 골더를 깨울까 봐 걱정하는 것처럼 발끝으로 걸어서 문까지 뒷걸음질했다. 그러고는 뒤도 돌아보지 않고 도망갔다.

골더는 혼자 남았다.

골더의 모습은 시체처럼 차갑고 고요했다. 그러나 죽음은 한순간에 밀려와 그를 완전히 덮치지는 않았다. 그는 목소리가 사라지고, 온기가 식어가며 자신이 누구였는지를 점점 잃어가는 감각을 또렷이 느꼈다. 하지만 마지막 순간까지 눈을 뜨고 있었다. 저무는 햇빛이 바다 위로 내려앉고, 물결이 반짝이는 모습을 끝까지 바라보았다.

그리고 내면 깊숙이, 마지막 숨을 거두는 순간까지 희미한 이미지들이 끊임없이 스쳐 지나갔다. 죽음이 다가올수록 그것들은 점점 더 옅어지고 희미해졌다. 한순간 골더는 조이스의 머리카락과 살결을 어루만지는 듯한 느낌이 들었다. 그러나 그녀는 점점 멀어져갔고 그는 더 깊은 어둠 속으로 가라앉으며 그녀에게서 완전히 버려졌다. 마지막으로 조이스의 웃음소리가 들리는 듯했다. 멀리서 들려오는 방울 소리처럼 가볍고 부드러운 웃음. 그리고 그는 조이스를 잊었다. 곧이어 마르쿠스가 떠올랐다. 얼굴들과 희미한 형

체들이 황혼 속 물결을 따라 흘러가듯 한순간 맴돌다가 사라졌다. 그리고 마침내 남은 것은 어두운 길가에 불이 켜진 작은 가게 하나뿐이었다. 어린 시절의 거리, 차가운 유리에 붙어 있던 촛불 하나, 저녁, 내리는 눈… 그리고 그 자신. 두꺼운 눈송이가 입술 위에 내려앉아 녹아내렸다. 얼음과 물의 차가운 맛이 입안 가득 번졌다. 어디선가 부르는 소리가 들려왔다. "데이비드, 데이비드…." 눈과 낮게 드리운 하늘, 어둠에 삼켜진 목소리는 점점 희미해지다가 마침내 길모퉁이에서 끊어지듯 사라졌다. 그것이 골더에게 닿은 마지막 지상의 소리였다.

옮긴이 **김계영**

한국외국어대학교와 동 대학원을 졸업하고, 파리 소르본 대학교에서 18세기 프랑스 문학과 디드로에 관한 연구로 박사 학위를 받았다. 프랑스 문학과 문화, 서양 근현대 문학에 대한 강의를 계속하며 문학과 예술 전반에 대한 연구와 번역 작업을 병행하고 있다. 지은 책으로『청소년을 위한 서양문학사』(상, 하) 등이 있으며, 옮긴 책으로는『얼어붙은 여자』(공역),『인생은 너무도 느리고 희망은 너무도 난폭해』,『모차르트는 여성이었다』(공역),『앨리스』,『보바리』(공역),『달랑베르의 꿈』,『사랑에 빠진 악마』,『불쾌한 이야기』,『마르셀 뒤샹』(공역),『키는 권력이다』,『르 몽드 환경 아틀라스』,『르몽드 세계사』등이 있다.

이렌 네미롭스키 선집 5

# 몰락

---

**초판 1쇄 발행**   2025년 4월 4일

**지은이**   이렌 네미롭스키
**옮긴이**   김계영
**펴낸이**   윤석헌
**편집**   이승희
**제작처**   재영 P&B
**펴낸곳**   레모
**출판등록**   2017년 7월 19일 제 2017-000151 호
**주소**   서울시 서초구 서초대로 33길 99, 201호
**이메일**   editions.lesmots@gmail.com
**인스타그램**   @ed_lesmots

**ISBN**   979-11-91861-39-6  04860
979-11-91861-27-3  04860 (세트)

---


이 책의 판권은 옮긴이와 '레모'에 있습니다.
이 책 내용의 전부 또는 일부를 이용하려면 반드시 양측의 동의를 받아야 합니다.